深《しん》夜《よ》廻《まわり》

原作　日本一ソフトウェア
著　黒 史郎
イラスト　溝上 侑（日本一ソフトウェア）

PHP
文芸文庫

○本表紙デザイン＋ロゴ＝川上成夫

深夜廻《しんよまわり》

この物語をお読みになる前に、
お願いがあります。

これから、夜がやってきます。
どんなに不安でも、心細くても、
夜から逃げないでください。

よろしいですか?

あなたは、ひとりじゃありません。
その手を握《にぎ》ってくれる、あなたにとって大切な手を、
ぜったいに、はなさないでください。

約束できますか?

本当ですか?

深夜廻《しんよまわり》

プロローグ――黄昏

ようやく日がぐずぐずと昇《のぼ》りだし、朝焼けに空が赤くにじんでいく。

ドアに背をもたせかけて、玄関ポーチに少女が座っている。

目を閉じ、なにかものいいたげに少しだけ口を開いて、陽《ひ》だまりの中で午睡《ひるね》をしているような、あどけない顔で。

頭の上では青いリボンが涼しい朝風《あさかぜ》に遊ばれて、ふわふわと揺《ゆ》れている。

少女を見下ろしている、もう一人の少女がいる。

後ろ髪を赤いリボンで結った少女は、焼けゆく空を背にし、表情は暗く陰《かげ》っている。

服のあちこちがほつれ、破けて、つまりはボロボロで、背中のウサギ形のナップサックも砂場で転がったあとのように薄汚れていた。ひじを擦《す》りむいた片腕で大切そうに黒い子犬を抱え、もう片方の手で茶色の子犬に繋《つな》がるリードを握っている。

眠れる少女へ、ぽつりと小声でなにかを伝えると、そっと門から出ていく。

疲れの色が浮かぶ擦り傷だらけの顔を上げ、足を引きずりながら、まだ夜のこびりついている町を歩く。

茶色の子犬はリードがぴんと張るくらい元気に走った、かと思うと戻ってきて少女を気遣うように横に並んで歩いたり、またすぐに跳《は》ねるように走っていったりと忙しい。

黒毛の子犬は、少女の胸に顔を埋《うず》めたまま動かない。

少女は歩いた。

町を歩いた。

気持ちの整理がつくまで、とことん歩こうとおもっていた。空き地に寄って、橋を渡って、池を眺《なが》めて、家には帰らず、団地の隙間《すきま》を縫《ぬ》って、靴のゴム底と時間をすり減らす。

少女の頭上《うえ》では日々の移ろいが一秒の狂いもなくおこなわれている。陽は天上を目指し、傾いて、空は次第《だいだい》に橙や赤に濁《にご》っていく。

血のような色の夕景が、あたりに影をさすころ――。

少女は山の中にいた。

涼しい風の吹く、見晴らしのよい場所だ。ひぐらしが鳴いている。

苦悩に身をよじるような形状《かたち》の木がある。その根もとに座りこんで、土の上に身を横たえる黒毛の子犬の背中をずっと撫《な》でていた。もう温かみも柔らかさも失われ、目は頑《かたく》なに閉じたまま黒い毛の中に埋《う》もれている。

落ちている枝を使って足元の土を柔《やわ》らかくほぐし、手で掻《か》きだす。

土はひんやりと冷たかった。

そうして掘った穴にそっと黒毛の子犬を入れると、あまりにもぴったりだったので、少女は泣いた。

ひとしきり泣くと、名残惜しむように少しずつ土をかぶせていく。かぶせて、かぶせて。

できあがったこんもりとした墓《はか》は、悲しいくらいに小さなふくらみだった。

木の枝を墓標がわりに立てるとウサギのナップサックを下ろし、ペット用のクッキーの袋と日記帳を取り出す。

ポトリと足元になにかが落ちた。

フェルトで作られた、不恰好なつくりの女の子の人形だ。頭には青いリボンをつけている。

少女は人形を拾うと、涸《か》れた眼差《まなざ》しでしばらく見つめ、ナップサックに戻した。

魚の形のクッキーを一つ、墓の上に供《そな》える。

遠くの空でカラスたちが鳴いている。

また溢《あふ》れてきた涙を腕で拭《ぬぐ》い取り、太腿《ふともも》を机代わりにして日記帳を開くと鉛筆を走らせる。

かりかりと書く音が、暗くて赤い夕空に吸い込まれていく。

ぴたりと。

ひぐらしの鳴く声が聞こえなくなった。

少女は書いたページをノートから慎重に切り離し、丁寧に折って飛行機をつくる。そしてそれを、風に乗せるように、眼下に見下ろす赤く染まる街並みに向けて飛ばした。

行く末を見守っていると、少女に向かって茶色の子犬がかわいらしく吠える。

少女は目の前の虚空《こくう》に焦点《しょうてん》を合わせながら小さく頷《うなず》くと、子犬のリードをはずした。

子犬は不思議そうな目で少女を見上げたが、少女の瞳にはなにも映っていない。目の前の虚空を見つめたまま、再び小さく頷くと、足元の石を拾って遠くの草むらの中へと投げ込んだ。

茶色い子犬は嬉しそうに跳ねると、尻尾《しっぽ》を激しく振りながら石を追いかけていった。その姿を見届けることなく少女は背を向け、投げた石とは反対方向へと歩いていく。握りしめた赤いリードを引きずって。

燃え尽きる前の赤暗い背景が、少女を黒いシルエットにする。その画《え》の奥では家々の尾根が、やがて来る夜に沈もうとしている。

少女は太い黒々とした木の前で立ち止まると、根元に置かれた木箱に視線を落とす。どれだけの時間を雨風に晒《さら》されてきたのか、すっかり黒ずんでしまっている。箱の側面になにかの銘柄があるが、消えかかっていてほとんど読めない。

どうして、こんなところに木箱が置いてあるのか——少女は少しも疑問におもわない。

木箱に両足をのせ、木の枝にかけた赤いリードで輪をつくり、その中へ首を通し——。

「これで、いいんだよね？」

両足で、箱を蹴《け》った。

深夜廻《しんよまわり》

一章――逢魔時

ハル

茜《あかね》色の空を切って、真っ白な紙飛行機が飛んでいく。

あれは誰が読んでもいい、誰が受け取ってもいい手紙だ。

「嫌《いや》なこと」「うれしいこと」「ナイショのこと」、なにを書いてもいい。書いた紙で飛行機を折り、高いところから風に乗せて、なるべく遠くへ飛ばす。

予想もしていなかった場所に墜《お》ちて、想像もしなかったような人に拾われて読まれる。べつに願いごとが叶うとか、運気が上がるとか、そういう効能はないけれど、小学校の女子たちを中心に流行していた。町中が紙飛行機だらけになるので大人たちはいい顔はしないが、子供たちから遊びを取り上げるまではしなかった。

「まって、まってよー」

ハルは紙飛行機が飛んでいるのを見ると、つい追いかけたくなる。落ちているのを見つけると、つい拾って読んでしまう。誰が書いたのか、どんな人に読んでほしかったのか、いろいろ考えるとたのしかった。もしかしたら、自分の知っている人が書いたものかもしれないとおもうと、少しだけドキドキした。

空飛ぶ手紙は、赤い屋根の向こうへと見えなくなった。その屋根は、ハルが今向かっていた友だちの家のものだった。

呼び鈴《りん》を押す。

錆《さ》びついたようなガサガサの電子音がインターホンから聞こえてくる。

反応がないので、もう一度。

――ユイは出てこない。

いつもなら、二階の窓から赤いリボンをつけた笑顔がひょっこりと出てきて手を振るのに。

二階の彼女の部屋は窓が開いたままで、レースのカーテンが風に誘われて外へと躍《おど》り出ている。

「寝てるのかな」

今日は、となり町の花火を一緒に見る約束をしていた。陽が落ちきるまでには山へ着いておきたかった。

大声で呼ぼうと息を大きく吸ったところで、ポンと肩に手を置かれた。

ひゃっと声を上げたハルは振り返ると、「もーっ」と口を尖《とが》らせる。

ユイがいたずらな笑みを浮かべていた。

「びっくりした？」

「したよぉ、すごく」

「ごめんごめん。さ、急ご。間にあわないよ」

ユイはハルの左手を握り、駆けだした。

二人だと速く走れた。自分の走る力にユイの走る力も加わって、飛ぶように走れる。髪が元気に跳ねて、お気に入りの青いリボンも跳ねて、ユイとおそろいのウサギのナップサックも、背中でぽんぽんと跳ねている。

町をジグザグに刻《きざ》む水路。陽差しに温められたアスファルトの道路。錆《さ》びついた黄色い三角の標識。魔法陣のようなマンホール。退屈そうな電信柱。踏むとカコンカコンと鳴る側溝の蓋。

町を形作るひとつひとつを、ハルは噛《か》みしめるように目と記憶に焼きつけていった。

夏が終われば、今見ている光景とはお別れをしなくてはならない。

この町から遠くはなれた町へと、引っ越さなくてはならなかった。

ユイとよく遊んだ公園も、お菓子を買ったスーパーも行けなくなる。歩きなれた通学路も使わなくなるし、大きな松ぼっくりを落とす木も、変な顔の落書きがある塀にもう会えなくなる。

住みなれた家からも出なければならない。

ずっと使っていたリビングのソファも大好きだったのに捨てられてしまう。古い物は新しく買い替えるから持っていかないらしい。大事にしていた人形も、古くなって綿が出てきてしまったからと引っ越しの段ボール箱の中には入れさせてもらえなかった。

失うものはたくさんあるけれど、なによりも失ってつらいのは――。

自分を導くユイの手に視線を落とす。

この手がいつも引っ張ってくれた。楽しい場所へ連れていってくれた。危ないことから遠ざけてくれた。寒い時は温かみをくれて、元気がない時はなにもいわずに重ねていてくれた。

この手とも、お別れしなければならないのだとおもうと胸が苦しくなる。

ハルは首を横に振る。

――そんなの、やっぱりいやだよ。

他のことは我慢できても、友だちを、ユイを失うのだけは我慢なんてできない。

民家の塀が途切れると、道に沿う壁は急に高くなる。山の土砂崩れから町を守る壁だ。この壁が現れたということは、山に近づいているということだ。

ひぐらしが涼《すず》しい声で鳴きだし、陽の入りを報《しら》せてくれた。

アスファルトから土に変わって、灰色の多かった視界に緑色や茶色が増えていく。

土のにおい。草や花や木のにおい。蟻《あり》に解体されている果実や虫の死骸《しがい》のにおい。あらゆるにおいが山にはある。いろんな緑色を使ったちぎり絵のような山道を歩いていると、足元の影がだんだんと濃《こ》くなっていって存在感を強め、時々、二人を追い越そうとしてくる。

大きな手がこそぎ取ったような開けた場所につくと、すでに空は濃い群青《ぐんじょう》色になっていて、もう花火ははじまっていた。

太鼓《たいこ》を打つような音が空気を震わせ、色とりどりのタンポポの綿毛のような火花《ひばな》が空を鮮《あざ》やかに彩り、赤や黄色に照らし出された芒《すすき》のような火花が地上から噴き上がる。

二人は肩が触れる近さで草の上に座り、空に咲く花々に見とれた。

この場所はユイが見つけた秘密の場所で、丁度いい距離で花火を眺められる。二人にとっての丁度いい距離とは、眩しすぎず、うるさすぎず、花火が手の平で摑《つか》めそうなくらいの距離だ。

ユイを見た。瞳の中に小さい花火が上がっている。どこか寂しげな横顔を見て、ハルは心に決めると、口を開く――その前にユイの口が先に開いた。

「こうして、ハルと二人で花火を見るのも、今年で最後だね」

「……ユイ、そのことなんだけどね」

瞳に花火を映したままユイは「なあに」と聞いてくる。

「やっぱりわたし……」

昨日からずっと考えて、悩んで、自分の本当の気持ちに何度も何度も聞いてみて、たった今、やっと決められた気持ちを言葉にする。

「わたし、引っ越すのやめる」

ユイの瞳から花火が消え、驚いたような表情をハルに向けた。

その表情を見たら、押し隠していた気持ちが言葉になって溢れてきた。

「どこにも行かない。わたし一人でも残るよ。だって、ユイと離れるなんて信じられない……だからね、わたし、この町でずっと、ずっとユイと一緒にいる」

ユイは花火に顔を戻し、口もとに薄く笑みを浮かべる。

「きれいだね、ここから見る花火って。また、見たいな」

「だから、来年も一緒に――」

最後の花火が散って空に溶け込み、急に静けさがやってくる。

その静けさに負けて、ハルは言葉が出なくなった。

「終わっちゃったね」

「……うん」

ユイが先に立つ。

「いこ」

静けさとともに降りてきた夜が、山に染みていく。

影はじわじわと広がって闇になっていき、木々のあいだや草の隙間にも夜が染みわたっていく。さっき見た時は気にもとめていなかったものが、暗くなった途端に意味のあるものに見えてくる。木は両手を広げて脅《おど》かしてくるし、岩は怖い顔で見つめてくる。

急に変わりだした山の雰囲気にハルは尻込んでしまい、足が重くなる。

「なんか……こわいね」

「うん、真っ暗。ちょっとまってね」

ユイはナップサックから懐中電灯を取り出し、帰る道のほうへと光を向けた。夜の闇はこんな光くらいでは払えないけれど、ゆく先を照らしだす道標《みちしるべ》にはなってくれる。二人は小さな光で少しずつ闇を削りながら夜の山道を下っていった。

木々のあいだから、草の隙間から、いろいろな音が聞こえてきた。

ひりり、ひりひり、と虫が鳴いて、ほほほ、ほほ、と夜の鳥が笑う。

今のはほんとに鳥の声なのかな――ハルの不安はどんどん膨《ふく》らんでいく。

「ねえ、ユイ」

「うん。なに？」

「手を……つないでいてくれる？」

いいよ、とユイは頷いてハルの手を強く握ってくれた。

これで、勇気が湧《わ》いてくる。

足取りはいくらか軽くなったけれど、口は重たかった。さっきの話の続きをしなければならないのに、なかなか言葉が出てこない。こころなしか、あれからユイも口数が少ない。

懐中電灯の光が立て看板を照らし出す。ところどころ白い塗料がはげて、黒ずんだ木の面が露《あら》わになっている。『いのちを大切に。お困りのさいはこちらの番号へ』――電話番号も書かれているけど、文字がかすれてしまって6なのか8なのか、9なのか7なのかわからない。なにに困ったら電話をかけるんだろう。この番号にかけるとなにをしてくれるんだろう。

――と、ハルは歩みを止める。

キィイイイン

耳鳴りがする。ハルは耳を押さえた。

それまで聞こえていた虫や鳥の声を貫《つらぬ》いて、頭の中に冷たく響いている。

こめかみのところがキリキリと痛む、すごく嫌な音だった。

ぼそぼそ。ぶつぶつ。

耳鳴りの後ろで、なにかが聞こえだした。

ハルはおそるおそる、周囲を見まわす。

「……ハル？ どうしたの？ 急ごうよ」

ユイが手を引いてくるが、ハルの足は動かない。

ハルは声を聞いていた。子供のような、お年寄りのような、男にも女にも聞こえる不思議な声が、ハルのことを呼んでいた。遠くから呼ばれている気もするし、すぐそばで聞こえている気もする。

「ハル、しっかりして」

「……だれかが、呼んでる」

「呼んでないよ。なにも聞こえないし、だれもいない。行こう」

「ううん、聞こえるの……ねぇ、だれなの？ どうしてわたしに話しかけるの？」

声は近づいたり遠のいたりしながら、ハルの呼びかけには答えない。

ユイは道の先に溜まっている闇に、懐中電灯の光と尖《とが》った視線を向ける。

「見てくるよ」

「え？」

「ハルはここで隠れていて」

ぶんぶんと首を横に振って、ハルは涙目でユイにすがりつく。

「やだ、おいていかないでよ」

「すぐに戻るから」

「待ってよ、ひとりにしないでよ」

必死にお願いしたが、強引に草むらの中に押しこまれてしまった。

「やだよ、こわいよ、どこに行くの？」

「ハルのこわいものは、わたしがなくしてあげるから」

家の庭に蛇《へび》が出た時、ユイは箒《ほうき》の柄《え》に蛇を引っかけて、そのままどこかへやってくれた。肩に大きな蜂《はち》がとまって身動きがとれなくなった時も、そっと捕まえて遠くへ逃がしてくれた。こわいものの前に屈することしかできなかったハルを、クラスの男子以上の勇気で、いつも助けてくれた。そんなユイの言葉を信じ、膝《ひざ》を抱きかかえ、なるべく小さくなって身を潜《ひそ》ませた。遠のくユイの足音を聞きながら。

※

息を殺して草むらの中で小さくなっていると、自分の心臓の音がうるさすぎて、なにかに聞かれてしまわないか心配だった。

──なにか？　なにかって、なに？

自分で考えたことに自分で問いかけながら身震《みぶる》いする。もう、あの声は聞こえない。それでも安心はできなかった。ユイが戻らないからだ。

──すぐに戻るっていってたのに。

おそるおそる顔を上げ、草を指で除《よ》けて覗く。

「えっ？」とおもわず声をあげた。

そこにユイの姿はなく、点《つ》いたままの懐中電灯が地面に転がっている。

そろりと草むらから身を出すと、あたりの様子をうかがいながら懐中電灯を拾い、周囲の木陰に光を当てていく。ユイの姿はどこにもない。

「ひとりにしないでっていったのに……どこにいっちゃったの？」

かさりと葉の擦れる音がし、とっさに懐中電灯を向ける。

光の中で梢《こずえ》が揺れている。そのあたりに白い煙のような塊《かたまり》がある。

奇妙な煙だった。風に流されず、形を乱されず、窓の曇《くも》りのようにその場に張りついて動かない。なにより本物の煙は枝を揺らさない。

煙は薄まる様子がなく、それどころか、なにかを形作ろうとしている。

煙の中に三つの孔《あな》があいて、ふたつの孔がまばたきをするように閉じ開きをし、ひとつの孔がなにかをいっているように、縦に横に歪んで低い唸《うな》り声を漏《も》らした。

それが顔なのだとわかった途端《とたん》、背筋が凍《こお》りついた。

ハルの存在に気がついたのか、煙は顔の正面をゆっくりとハルに向けた。

その表情がぐにゃりと歪む。

たった三つの孔があるだけなのに、とても憎々《にくにく》しげな表情だった。

目玉のない、向こう側の闇が見えるだけの孔なのに、その視線にハルは足が竦《すく》んでしまう。

目がないのに血走った目で睨《にら》まれているような。歯がないのに歯を食いしばっているような。

それはもう煙というよりも、憎しみの形で固まった人の顔に見える。

どうして、こんな表情を向けられなければならないのか。

怖くて、意味がわからなくて、ハルは泣きたくなった。

煙の顔は木の上から、すうっと下がってきて、ハルの背の高さの位置でぴたりと止まった。

「えっ？　やだ、やだよぉ」

来ちゃ、やだよぉ。

ハルが一歩、後ずさると。

ぐん、と顔が迫ってきた。

ハルは走った。

どっちに逃げるかなんて、なにも考えていなかった。

考えていなかったけど、運よく下《くだ》りの道を走っていた。

追ってきているのがわかる。

あの暗い視線を背中に感じるからだ。

振り向かないように、想像しないように、少しでも前に進むことだけを考えて走った。

だんだん、追いかけてくるものが増えていく。

くすくすと笑う声が追いかけてくる。首筋に生温かい息を吹きかけてくるものがある。地の底を這《は》いずるような音が足の下をついてくる。

腕とともに振られて激しくぶれる懐中電灯の光が、見なくていいものを照らして見つけてしまう。うつむくような形状《かたち》の木のそばで、うつむく人影が振り子の動きで揺れている。風に揺れる草藪《くさやぶ》にまぎれて、生白《なまじろ》い腕が踊っている。

木々の隙間、草の向こう、闇の中に、さっきまではいなかったものたちがいる。今にも腰が抜けて座り込んでしまいそうだった。なんども足がもつれそうになった。爆発しそうなくらい、心臓が激しく打ち鳴らされた。

たすけて！　こわいよ、たすけて！　どこにいるの、ユイ！

闇を掻きわけて山道を駆け下りる。声や気配は一定の距離を保って後ろからついてくる。

追われるままに木と草と土の領域を飛び出し、アスファルトとコンクリートの領域へと入った途端、背後の声も気配もなくなった。

電信柱の街路灯《がいろとう》の下に逃げ込んだハルは、そこでいったん足を止めて呼吸を整える。橙《だいだい》の明かりの傘の中、ジィィイという耳障《ざわ》りな振動音とバタバタと慌《あわ》ただしい蛾《が》の羽音を耳にしながら、おそるおそる振り返る。山へと入る道は真っ暗な闇が塞《ふさ》いで、なにも見えない。今にも、あの闇を破って白い顔が現れるかもしれない。今さらのように膝ががくがくと震えだした。

「……お化け」

そういうものがいると、クラスの子たちの噂《うわさ》では聞いたことがあるし、信じていなかったわけではないけれど、まさか自分がこんな出遭《であ》い方をするとは想像もしなかった。

もっと小さいころにも、こういうものを何度か見たことはあった。

夏の夜、開きっぱなしの窓から覗いていたもの。親戚の家に泊まった夜、寝室の天井から見下ろしていたもの。ずっと夢や見間違いだとおもっていたけど、今見たものは、あのころに見ていたものと同じものなのだとわかった。

あれがなんなのか、ハルは説明できる言葉も知識も持っていない。だから、クラスの子たちが呼ぶように「お化け」と呼ぶしかなかった。

「お化け」と、自分が見ているものとは、少し違うとわかっていても。

きっとユイもあれに追いかけられたのだ。ならばもうとっくに逃げていて、山にはいないと信じたい。今から山へ戻って確かめる勇気などハルにはなかった。

ユイが自分を置いていくわけがない。

お化けがいるからすぐに戻ることができず、いったん準備をしてから戻ってくるつもりなのだ。きっとそうだ。

ユイには二匹の犬がいる。

あの子たちを連れてくるに違いない。犬はお化けに強いとユイから聞いたことがあるから。

会わないと。

ユイと会って、わたしならもう大丈夫だよと伝えなければ。

なにより、一刻も早くユイの無事を確認したい。

踏みださないといけない。街路灯の明かりからは離れたくないが、ユイは自分を守るためにあんな危険な暗闇へと向かっていったのだ。

足に張った根を一本ずつ引きちぎるように街路灯の明かりから出ると、ハルは再び走りだす。

まずは先に見える街路灯までを目標とした。着いたら、その次も先にある街路灯を目指す。そうやって明かりから明かりへと移動しながら、自分たちが来た通りの道を戻った。へたに違う道をいってユイとすれ違っては困るからだ。

緩《ゆる》やかな下り坂に勢いをつけられながら次の街路灯を目指して走っていると、ハルはビクンと肩を震わせ、足を止めた。

道路に小さな影がある。

よく目を凝《こ》らし――ほっと胸を撫でおろす。

お地蔵さまだ。

赤い涎掛《よだれか》けをつけて眠る、赤ん坊のような安らかな顔をしている。誰がつけたのか、蠟燭《ろうそく》には火が灯《とも》っていた。

普段なら気にもかけずに通りすぎてしまうけれど――。

お地蔵さまは、たしか神様の仲間だったはず。なら、お化けから守ってくれるかもしれない。

それに困った時の神頼みという言葉を聞いたことがある。ハルは今、かなり困っている。

お地蔵さまの正面に立ち、なにかお供え物をあげなくてはとナップサックを開ける。キャンディが一つくらい残っていた気がする。

「あれ……なんで?」

ナップサックの底から、手の平より小さな人形を取り出す。毛糸を編《あ》んで作ったような人形で、頭でっかちのアンバランスな姿がちょっとかわいくて気に入っていた。それがなぜか、もう人の形をしておらず、手足と頭がバラバラになっていた。

名前は忘れてしまったが、学校で流行《はや》っていた人形だ。昨日もらったばかりなのに――。

どうしたら、こんなことになるのか。糸がほつれてはずれてしまったのだろうか。

お母さんに直してもらおうとナップサックに戻し、キャンディは結局なかったので、財布から出した十円玉を供えて、手を合わせる。

「ユイと会えますように」

今のハルにとっていちばんの願いだった。友だちがほしい時は、ご縁ができるように五円玉をお地蔵さまに供える。もし、そのご縁で得た友だちと別れることになり、また会いたくなった時、二人のご縁とご縁を合わせて十円玉を供えるという。だから、ハルの選んだ願いは正しかった。

ちょっと見ないあいだに、町はすっかり変わってしまっていた。

人が歩いていないし、車も走っていない。

海の底に沈んだように暗く、耳が痛いくらい静かで。

窓の明かりの消えた家々は、墓地に並ぶ墓石みたいに見える。

夜が来るだけで、町はこんなにも変わってしまうのだ。

毎日、見ているものや場所の〝顔〟が、まるで違っていた。

いつも通っている交差点、歩き慣れた丁字路、よく使う曲がり角――のはずなのに、その道が自分の知っている場所へ繋がっているという自信がない。

夜とは、どこでもこういうものなのだろうか。色も光も音も、みんな真っ黒に塗り潰して、まるで別世界のように見せてしまう。これは、すべての町で起きている変化なのだろうか。

なによりの問題は、人ではないものが我が物顔で歩きまわっていることだ。

墨汁《ぼくじゅう》をこぼしたような影が歩いている。かろうじて手脚と呼べそうなものをギクシャクと交互に動かしながら、民家のあいだの細い道を忙《せわ》しなく移動している。

白くてぼんやりと透けた影が歩いている。電信柱をすり抜けて塀の中に入って消えたとおもったら、向かいの家の門からひょっこりと現れて、また同じ電信柱に向かって歩きだす。その動きに目的があるようには見えない。

ふやけたみたいにふくらんだ真っ白な赤ちゃんが、泣き声をあげながら横断歩道をハイハイしている。一度聞いただけで悪い夢を見そうな、鳥肌が立つほどおそろしい泣き声だった。

いる。いる。塀の裏にも、電信柱の陰にも、路地の隙間の暗闇にも、たくさんいる。

その様子をハルは『駐輪禁止』の看板の陰から震えながら見ていた。

子供が遅い時間まで外で遊んではいけない理由は、きっとこれなのだ。

門限を破るとものすごく怒られる理由は、こういうことなのだ。

大人たちは知っているのだろう。

夜になると町がこうなることを。

夜の町には、お化けたちが歩きまわることを。

「こんなの」

こんなの、ムリだよ。こんなんじゃ、ユイをさがしになんていけないよ。

ここにきて、お地蔵さまにしたお願いの難易度が一気に上がってしまった。

物陰から物陰へと隠れながら移動して、なんとかユイの家の近くまでは来られたけれど、この先もうまくいくとはかぎらない。そもそも、ハルはかくれんぼが大の苦手だった。どんなにがんばって隠れても、すぐユイに見つかってしまうのだ。隠れる場所がわかりやすいらしい。

今夜のかくれんぼは遊びじゃない。見つかればきっと、ただでは済まない。

そうなった時のことを想像すると、全身を震えが走る。

でも――。

震える手を、ぎゅっと握りしめる。

泣き言はいっていられない。あんまりぐずぐずしていたら、ユイはまだハルが山にいるものだとおもって、犬たちを連れて戻ってしまう。

はやく、ユイに会わないと。

五メートル先にある看板を見る。警察が事故の目撃情報を求めている看板だ。

次は、あそこまで。

震えを振り払って、ハルは看板から飛び出した。


ユイの家は、ひと気《け》をまったく感じなかった。

二階の窓は開いているけど部屋は真っ暗で、きっと夕方迎えにきた時のままだった。風に煽《あお》られてあんなに元気に踊っていたカーテンが、今は窓際で静かに佇《たたず》んでいる。

意味はないとわかっていても呼び鈴を押してみる。意味はなかった。

――やっぱり、家には帰ってないんだ。

不安がぶくぶくとふくらんでいく。

もし、まだ山にいたら、どうしよう。

どうしようもなくて、玄関ポーチに座り込む。

待っていたら帰ってくるかも。そんな頼りない可能性にすがってみる。

玄関脇にはゴミ袋が積まれている。袋の中にはコンビニ弁当の空箱や空のペットボトルがたくさん詰まっていて、西瓜《すいか》の種みたいなものがちょろちょろと動いているのが見える。

ユイのお母さんは子供にご飯を作ってあげられないくらい仕事が忙しいらしい。

誰も家にいないからと、ユイはあまり帰りたがらなかった。

いつも、あの子たちのいる空き地にいた。

ハルは立ちあがる。

やっぱり、ユイは空き地にいっているのかもしれない。

ここから、そんなに距離があるわけではない。

道中、なにかに出くわすかもしれないけど。

次の目的があると、少しだけ希望と勇気を持てる。

気配をうかがいながらそっと門から顔だけを出すと、家の前の道を小さな茶色い塊が転がるように横切っていった。

ハルは驚きながらも、とっさに茶色い影を目で追った。

白っぽいお尻と尻尾を振って子犬が走っていく。

「あっ、まって！」

その声に反応して立ち止まると、茶色い毛のポメラニアンがハルに振り向く。

ハルはこの子を知っていた。空き地にいた、あの子たちの一匹だ。

「きみ、ユイのわんちゃん……だよね」

名前は……えっと、なんだっけ。

こんな時にこの子と出会えるなんて、幸先がいい。

「ねえ、ユイがどこにいるか知ってる？」

近づこうとすると子犬は後ずさり、アンッとひと声吠《ほ》えると逃げてしまう。

「あっ、まってよ、わんちゃん」

慌てて追いかける。

子犬はチャカチャカと地面を蹴る音をさせながら、民家に挟まれた細い道を跳ねるように走っていく。

――あの子は、夜が怖くないのかな。

ハルは追いかけながら、民家の玄関先の植木、プロパンガスのボンベ、道路標識にいちいちビクンと反応してしまう。

住宅地の細い道を挟む塀が、いつもより高く感じ、押しつぶされそうで息苦しい。

ハルは夜が――夜によって変えられてしまったこの町が、怖かった。

こんなに怖い町を、あんな元気に、夜の暗さを突き破るように走っていく子犬の姿は、今のハルにとって、お地蔵さまよりも頼もしく見えた。

だから、見失うわけにはいかなかった。

深夜廻《しんよまわり》

二章――宵の口

ユイ

夜……山道……洞窟《どうくつ》の黒い口……赤い空……うなだれる木々……古い鳥居。

それらの光景が現れては消える。それがずっと、繰り返される。

懐かしい声も聞こえた気がしたけれど、誰の声かまではわからない。きっと考えないといけないほど難しい声じゃないのだけれど、今はなにをしたって答えに届かない気がした。


瞼《まぶた》を開けると、淀《よど》んだ夜の空が視界に展《ひろ》がった。

起き上がり、まわりを見わたす。

横たわる土管、黄色と黒の通行止め《バリケード》、青いシートを敷《し》いて積まれた木材。

ユイのまわりには赤い円錐《コーン》が集められていて、まるで自分がガリバーになったみたいだ。

どうやらここは資材置き場のようだ。

どうしてこんな場所に。

記憶を辿りたいが、どこから手繰り寄せればいいのかわからない。

――そうだ。花火の帰りだ。

ハルがなにかが聞こえるといいだして、それから――。

だめだ。そこから先のことをなにも思い出せない。

とても重要なことを頭の中から取りこぼしているような気がする。

立ち上がると、スカートについた土を手ではたき落とす。

こぼしてしまった記憶は、足で辿るしかなかった。

資材置き場から出たユイは息を呑んで足を止めた。

アスファルトの道路に点々と赤いものが続いている。

血だ。こんな光景はテレビドラマくらいでしか見たことがないけど、だからこそ、わかりやすく不吉だった。

「ハル……？」

自分でその名を口にしておいて、ゾッとした。

歩みを早めながら血の標《しるべ》を辿っていくと、道路の中央に黒い塊がうごめいている。

カラスたちだ。なにかに群がってついばんでいる。

ここに来て不吉の象徴《しょうちょう》と出くわしたユイは、カラスの脚《あし》のあいだから路上に投げ出されている、白い手のようなものに目を留める。

うそでしょ。

動揺《どうよう》で身体がこわばる。

ユイが近づくとカラスたちは一斉に飛び去り、黒い空に染み込むように姿を消した。

黒ずんだ血溜《だ》まりの中に人の手首から先が落ちている。

偽物《にせもの》には見えない。

大人の――たぶん、男の人の手だろう。薬指で指輪が銀色の光を放っていた。

ぞっとしながらも、ハルではなかったことに安堵《あんど》する。

ユイがそばにいくと、手はまばたきの瞬間に血溜まりとともに消え、路面には黒い歪《いびつ》な染みが残った。染みの真ん中には、肩掛けベルトの切れた鞄と黒い表紙の手帳が落ちている。

うんざりする。さっきから起きていることが、なにひとつ、わからない。

こんな場所からはすぐに立ち去ってしまいたい。けど、今の幻覚といい、目の前の光景がなにかの意味を持つような気がし、なかなか足を動かせない。

あまり触りたくはなかったが、この場ではどうしても気になってしまう。手帳を手に取って、ぱらぱらとめくってみる。一部のページは赤茶色の乾いた染みが浸食していたが、それ以外は無事で読むことができた。読むことができても、難しい研究でもしている人なのか、書かれていることはほとんど意味不明。後半のページはミミズがのたくったような文字で、最後のほうは文字にもなっていない。

気になる箇所をユイは声に出して読んでいた。

「『また、きこえる、うる、さい、もう、げんかい、だ、もう、いやだ』」

——なんなのこれ？　この手帳を持っていた人になにが起こったの？

ぞくり。

冷たい毛虫に背中を這われているような、ぞわぞわとした寒気をおぼえた。

急に空気が変わった。

それを察したように、闇に溶けたはずのカラスたちがギャアギャアと騒ぎだす。

じょきん。

厚いものを断ち切るような音がし、ユイは振り返る。

目の前を、夜から剝《は》がれ落ちてきたような黒い羽が舞っている。

黒い羽の乱舞を貫いて——。

赤く濡《ぬ》れた切っ先がユイに向かって突き出された。

ハル

子犬を追って、ハルは町の北側まで来ていた。

お化けたちは街の隅々にいる。人とは決定的に違った動きをする、人のなりそこない、もしかすると、元々は人だったかもしれないもの。そういうものたちから身を隠しながらの追いかけっこは、けっして楽ではなかった。

反応もいろいろだ。ハルが横を通ってもお構いなしなものもいれば、目が合った瞬間に追いかけてくるものもいる。音や光に敏感《びんかん》な反応を見せるものもいて、懐中電灯の扱いは気をつけなくてはならなかった。光を嫌がって避けるものと、光に気づいたらまっすぐ向かってくるものがいる。ここまで逃げて隠れてをしてみて、いちばん有効な逃れ方は、シンプルに物陰に隠れることだとわかった。

今も〝ゴミ袋のお化け〟から身を隠して、自動販売機と回収ボックスの隙間にうずくまっている。

子犬を追いかけている途中、通りかかったゴミの集積所からがさがさと這《は》い出してきたのだ。スーパーのビニール袋をかぶったそれは、風呂場の排水溝に溜まった髪のように黒くてべたべたしたものを手足のようにして、ハルをしつこく追いかけてきた。

しばらくのあいだ、回収ボックスになりきっていると〝ゴミ袋のお化け〟はがさがさと元来た道を戻っていった。

なんとか助かったが、子犬を見失ってしまった。

「どこにいっちゃったのかな……」

あの子なら、ユイのいる場所を知っていたかもしれなかったのに。

途方にくれていると掲示板が目に入った。

「え？」と、声を漏らし、そこに貼られている紙に顔を近づけた。

『小学生の女の子が行方不明になっています。情報をお持ちの方は――』

掲示物にはユイの名前があった。髪形や顔の特徴、今日の服装まで書かれている。

――行方不明？　ユイが？

どういうことなのか、ハルは混乱していた。

確かに今、ユイの行方はわからない。でも、さっきまでは一緒だったのだ。

いなくなって一時間も経っていない。なのに、もうこんな貼り紙が貼られるなんて。

ユイは花火を見に行くことを親に話していなかったのか。

そういうことでもない気がする。

そもそも、二人だけで花火を見に行こうというのも、今夜はお互いの両親が家に帰らないから実現できたことだ。今日は二人で夜まで一緒にすごせる最初で最後の日だったのだ。

じゃあ、この掲示板の貼り紙はどういうことなのかというと、説明がつかない。

でもそれをいうなら、さっきから町を歩いているものたちだって同じだ。

きっと夜の町では、常識などそっちのけの説明できないことばかりが起こるものなのだ。

掲示板にはユイ以外にも、行方不明者の情報提供を求める紙が貼られていた。

『××に肝試《きもだめ》しに行った高校生グループが未明から行方がわからなくなり――』

『〇〇で作業中だった発電所所員三名が行方不明になって――』

『ネズミ駆除業者の社員二名と連絡が取れなくなっており――』

この町では、よく人がいなくなっているようだ。

ユイもこの人たちのように、町から消えてしまったのか。

ハルの不安はふくらんでいく一方だった。

子犬が向かいそうなほうへ、歩を進めてみた。

勘《かん》だった。

足跡でもあればよかったが、そんな都合のいいものは残してくれていない。当てずっぽうで進路を選ぶしかなかった。

これでも、自分で選んだだけマシだった。

ハルは、どれか選べと目の前に並べられると、決められずに固まってしまう癖《くせ》がある。

ユウジュウフダンというらしい。

いつもはユイが決めて、ユイが引っ張ってくれる。良いほうへと導いてくれる。だから、ユイがいない時、ハルは自分のダメなところをおもい知らされる。三時のおやつをプリンとシュークリームのどっちにするか、それさえも決められない。

ユイはどうしてすぐに選ぶことができるのかとたずねると、「勘だよ」といわれた。

迷っている時間がもったいないから、勘で決めたほうを受け入れるのだといった。

勘は自分の能力だ。自分の力が決めたことなら文句はいえない——ということらしい。

ハルも自分の勘に頼ってみようと、こっちだとおもった道を選んで歩いてみたのだが、やけに暗い道に入ってしまった。

家の塀と玄関が交互に並ぶ、きっと昼間に通ればなんてことのない路地。

この道にあるどの街路灯の明かりもイヤに元気がなく、何本かに一本はパチンパチンとまばたきするように点滅しながら消えかかっていて、自動販売機にはたくさんのウスバカゲロウが群がって明かりを曇らせている。光が夜に押し負けている道だった。

寄り所のない蛾たちは壁画のように塀に並んで貼りついていたが、ハルの懐中電灯の光が通ると歓迎するように目の前を舞い踊った。

いかにも、なにかがいそうな道だ。

ここの暗さにはムラがある。同じ闇の中に、濃い闇と薄い闇が斑《まだら》になっている。意味ありげに闇が濃いところは怪しい。そういうところにはなるべく近づかないようにした。

こわごわと歩いていたハルは、ぴたりと足を止める。

風が嫌なにおいを鼻に運んできたからだ。

懐中電灯の光を前に向けると、雨の後のように路面が黒くなっている。

「ひっ」と、ハルはしゃっくりのような声をあげた。

黒い羽がちらばっていて、その真ん中でカラスが一羽死んでいる。

なにがあったらそうなるのか、身体が真ん中から裂けていた。

地面が黒いのはたぶん、血の跡だろう。イヤなにおいはここからしている。

でも、カラスのものにしては量が多い。それにカラスは死んだばかりのようだが、血の跡は完全に乾いている。

こんなにたくさんの血をこぼすのは、もっと大きな生き物だ。そう。たとえば――人とか。

ぞっとしながら周りを見ると、カラスの死体の少し先になにかがある。

カラスを避けながらそろりそろりと近づくと、肩掛けの鞄が落ちていて、分厚い本や携帯電話に似た器械を黒い路上に吐きだしていた。

――血をこぼしちゃった人が落としたのかな。

事故か事件か。ここでなにかがあったことは間違いない。こんなに血を出さなくてはならないような、むごいことがあったのだ。

それにしても、こんな道を選んでしまうなんて。

自分にかぎっては、勘なんて当てにするものではないなとハルは後悔した。

あたりを見まわしても鞄の持ち主らしき姿はないので、カラスに手を合わせた。

この子もかわいそうだ。なんの巻き添えになったかは知らないが、こんなふうにひとりぼっちで死んでしまうなんて。どんなに痛くて寂しくてつらい気持ちだったろう。

鞄から吐き出されている本がキラッと光ったような気がした。

なんだろうと、そうっと手に取ってみる。

「なあんだ」

表紙のタイトルの部分が銀色だ。懐中電灯の光を反射したのだろう。

タイトルには難しい漢字が並んでいて、一文字も読めなかった。

それにしてもぶ厚い本だ。重たいし、足の上に落としたら大変なことになりそうだ。

なにが書いてあるのかと開いてみると、中身も漢字がびっしりだった。見るだけでくらくらしそうなので、すぐにパタンと閉じた。

「こんな本を読める人って、すごく頭のいい大人なんだろうな」

ハルの目は、本の裏表紙の下に貼られたシールに留まる。

そこには、この町の図書館の名前が書かれていた。

『――ということ、らしい』

急に大人の男の人の声が聞こえたので、ハルは驚いて本を落としてしまった。

声は携帯電話に似た器械から漏れていた。

手に取ると液晶画面に『再生中』の文字と時間が表示されている。

『……に出遭ったら……手と足と首のあるものを差し出さな……ならない。それを……れば、コトワリさまにバラバラに切り裂かれて――』

音声はそこで終わった。

これは声を録音するための器械らしい。ドラマで新聞記者や探偵が使っているアレだ。

聞き捨てならない言葉をいっていた。

「コトワリ……さま？」

よく聞く名だった。学校でささやかれる「こわいウワサ」の一つだ。

確か、こんな話だった。

――真夜中に《いってはいけない言葉》を口にすると《コトワリさま》が現れ、手足をバラバラに切られてしまう。

それ以上のことは知らない。

もう少し内容があった気もするが、この手の話は苦手なので聞いたそばから忘れてしまった。肝心の《いってはいけない言葉》がなにかさえも知らなかった。

血の跡とカラスに視線を戻す。

「コトワリさまが……これをやったの？」
器械の声はずいぶん深刻そうだった。
うわさは本当だったんだ。
どうしよう。そんなものまでいるなんて――。
どんどん状況が悪くなっていく。どんどんユイの手が遠くなっていく。
ユイを捜さないといけないのに。
ちゃんと話さないといけないのに。
今日は自分たちにとって、とても大事な日だったのに。
どうして、こんなことになるんだろう。
不安と怖さとさびしさで心がしょぼしょぼになって、つい口から弱音が漏れた。
「もう、いやだよぉ……」
ジョキン
ハルの声に応えるように、金属をこするような音が聞こえた。
とっさにナップサックの中に器械を入れ、その場を急いで立ち去ろうとすると、
目の前のアスファルトの黒い染みから、なにかがゆっくりと浮き上がってくる。
はじめは、大きな手に見えた。
赤黒い煙のような塊から、腐ったような色をした太い指が何本も生えている。同

じところから細い竹箒《たけぼうき》みたいな一本の腕と、赤い縄の絡みついた二本の太い腕が生えていて、血のような色をした大きな鋏《はさみ》を三本がかりで持っている。

ソレは、歯並びの悪い大きな口から生温かい息をハルの顔にかけてきた。

呼吸が整わなくて、ハルの喉《のど》からヒッ、ヒッ、と声が漏れる。

激しい鼓動の音に心臓が胸を突き破って出てきそうだった。

逃げなきゃ……逃げなきゃ……。

わかっているのに、足が動いてくれない。

ソレには目なんてどこにも見当たらないのに、ジッと見つめられているようで、足が竦《すく》んでしまっていた。

ハルは自分に向けられた鋏の尖端《さき》に目を向ける。

もしかして、これが――。

コトワリさま？

やだよ、手足をバラバラにされるなんて……。

竦んだ足に向かって心の中で叫ぶ。

お願い、動いて、動いて！

ざりっ、と靴が地面を擦る音がし、根を張ったように動かなかった足がわずかに動いた。

その瞬間、向きを変えたハルは地面を蹴るように走りだした。

心臓が今にも破裂しそうだった。

運動会でだってこんなに走ったことはない。

後ろからは金属を擦り合わせるような恐ろしい音が追いかけてくる。

あの大きな鋏を開いたり閉じたりしている音だ。

その音が時々、グンと距離を縮めてきて、背中のすぐ後ろまで迫《せま》ってくることがある。

そのたびに、ただでさえ悲鳴を上げている心臓が跳ね上がって、さっきから何度もつまずきかけた。

転んだり、一瞬でも気を抜いて走る速度を緩めたりすれば、あっという間に追いつかれるだろう。その後のことなんて想像もしたくない。

わき目もふらず、夜の町をただひたすらに、闇雲に走った。

喉がからからで吐き気がした。前髪から滴る汗が目に沁みて視界を曇らせる。

いつまで走ればいいんだろう。

どこまで逃げればいいんだろう。

自分が今、町のどのへんを走っているのかなんてわからない。こんな時は頭の中にある地図なんて、なんの役にも立たないんだってことがわかった。

道を曲がるたび、十字路で道を選ぶたび、その先が行き止まりだったらと怖くなった。

どこへ行こうと、コトワリさまは絶対に逃がすつもりはないらしい。

一生懸命に走っても、あの音からは距離を離すことはできなかった。

背後に迫っていた音が聞こえなくなって、逃げ切ったのかと安堵すると鋏の音は前から聞こえてくる。

そうやって、コトワリさまは行く先々でハルを待ち構えていた。

苦しくて、怖くて、絶望的で、何度も諦めてその場に座り込みたくなった。

でもその覚悟もできない。道路の黒い染みになんてなりたくない。

その画《え》を脳内で描いたからか、頭の中に例の男の人の声が再生される。

『手と足と首のあるものを差し出さな……ならない』

――どういう意味だろう。

まるでなぞなぞみたいだ。

出遭ってしまったらもう、手も足も頭もコトワリさまに切られるしかないということか。

そんな救いようのないことだけをわざわざ録音までして残すだろうか。

コトワリさまが本当にいることを知り、それが危険なものだとわかって研究をしている大人だったら——もっと違うことを残してくれてもいいはずだ。

たとえば、コトワリさまと出遭ってもバラバラにされない方法とか——。

でもそんな方法を知っていたら、あんなところで染みになんてなってはいないか……。

意識を目に戻す。視界の両側で後ろに流れていく家、ポスト、電信柱、錆の浮いた看板が、いつもの見慣れたものに変わっていた。いつの間にか、自宅の近くまで戻っていたようだ。

それはなんの安心にもならない。

家になんて逃げ込んだら袋のネズミだ。それも手足と頭がバラバラのネズミ——。

自分がそんなことになっていたら、帰ってきた親はどんなおもいをするだろう。

帰りたい——その気持ちを必死に振り切って、家の前を走り抜けた。

でも、このあとはどうしよう。このままずっと走り続けられるわけじゃない。こんなに後ろにぴったりはりつかれては、物陰に隠れることも無理だ。

もう、コトワリさまに手足を切られるしかないのだろうか。

絶望的になったその時、ハルは気づいた。

──手と足と首のあるものを差し出さなければならない。

もしかしてこれは。

謎かけでもなんでもないのでは。

そうだ。そのまま受け取ればよかったんだ。手や足や頭があれば、なにも人間じゃなくてもいいんだ。それこそネズミだって、人形だって。

「わたし、なにしてるんだろう」

家に帰ればなにかしら人形はある。

冷静になれば、もっと早く気づけたのに。

ぐるりと一周して家に戻ろうと角を曲がると、ゴミ集積所が見えてくる。さっき〝ゴミ袋〟に追いかけられたのが懐かしく感じる。今、追いかけられているものに比べれば、隠れていれば見逃してもらえる〝ゴミ袋〟のほうが、まだぜんぜんマシだ。

ゴミ集積所の前を走り抜けようとした、その時。

ハルはなにか、やわらかいものを踏んだ。

踏んだまま地面をすべり、派手に転ぶ。

後頭部を打って、一瞬、目の前が暗くなる。

視界が戻った時にはもう、あとは赤い鋏が閉じる動作をするだけでハルの首を胴から切り離すことができる状態だった。

あと少し、あと少し気づくのが早かったら——。

諦めかけたその時、ハルは自分の足のそばに落ちているものに気がついた。

女の子の人形だった。

肩の縫い目から綿がはみ出て、靴跡のついた顔はプラスチックの右目が取れかかっている。さっき踏んだのは、この子だったのだ。

ギシッと鋏が軋《きし》む音をたてた瞬間。

ハルは人形を摑み取ってコトワリさまに投げつけ、ギュッと目をつむった。

頭の上をなにかがかすめて髪が風に巻き上げられ、その直後——。

ジョキンッ
金属音がした。

ぽとっ、となにかの落ちる音がする。

ジョキン、ジョキン、ジョキン
慌ただしく乱暴な金属音の合間に、低い唸り声と荒い息の音が混じっている。

自分を抱きしめるように小さく身を丸めているハルのそばに再び、ぽとり、ぽとり、となにかが落ちてくる。その音がするたび、ハルは自分の腕はあるかと震える手で確かめた。

急に静かになり、ハルは恐る恐る瞼を開き、ゆっくり顔を上げる。

コトワリさまの姿はなかった。

足元に、先ほどの人形の首が転がっている。

顔からは糸一本で繋《つな》がったプラスチックの右目が垂《た》れていて、泣いているみたいだった。

近くには胴体から切り離された手や足も転がっている。

自分の身代わりとなったバラバラの人形を両手でかき集めた。

「ごめんね」

声が震える。

はじめまして、ではなかった。

ついこのあいだまで、この子は家族だった。

元々は従姉《いとこ》のもので、一目惚《ぼ》れしてしまったハルは従姉の家《うち》に行くたびに、この子と遊ばせてもらっていた。従姉は六年生になると、この子をハルにくれた。

それまで怖くて眠れなかった夜も、この子が一緒に寝てくれたから平気になれた。一人で留守番をしていて寂しい時は話し相手になってくれた。寒い時は温かかった。そのうち、薄汚れてきて、糸がほつれだして、それでも何度も縫い直して大事にしていたが、あちこちから綿がこぼれだしてもう防ぎようがなくなって、引っ越しの荷物整理の時に親が捨ててしまった。
こんなこと、人に話したら気のせいとか、おもいこみといわれてしまうだろうけれど。
さっき人形と目が合った瞬間、「おねえちゃん」と呼ばれた気がした。
ハルにはそう聞こえた。
自分のほうがお姉さんだったなんて知らなかった。
ハルは黄ばんだ綿のはみ出た腕をナップサックに入れた。
お守り代わりではなく、自分が妹を守れなかったことを覚えておくために。

深夜廻《しんよまわり》

三章――夜四ツ

ユイ

赤い空……山道……たくさんのお地蔵さま……鉄に囲まれた道路……山の見晴らし台……水垢《みずあか》の色……。

──また、わたしは夢を見ているんだ。

記憶にないはずなのに、記憶として頭の中にすがりつく音のない映像。映像に納まることができず、行き場もなく、不純物みたいに記憶の海にぷかぷかと浮かぶ、音と声、感情と痛み。

それらがみんな、万華鏡の中の小さな欠片のように、くっつきあい、離れ、また別の相手とくっついて、それぞれが一瞬だけ奇跡的に意味のある形となり、そして一瞬で壊れてしまう。だから、すぐに忘れてしまうのだ。

これでも思い出は大切にするほうなのに、どうしてここにある記憶はみんな打ち砕かれたように粉々なのだろうか。他の記憶と、粉々になった記憶はなにが違うのだろう。

わかることは、どの記憶の欠片にも浸透する、共通の想いがあるということだけ。

その想いは、ただひとつ。

「ハルに会いたい」


今度は真っ暗だ。

さっき見た夢は万華鏡なんてたとえるくらいカラフルだったのに。

瞼を開けているほうが暗いだなんて、ここはどんな現実なんだろう。

そもそもこれも現実なのか疑わしい。

いったいぜんたい、今度はどこに飛ばされたのか。

かすかに覚えているのは、赤い鋏を持った化け物に襲《おそ》われたところまでだ。

その先の記憶はまったくない。

あの化け物にここまで運ばれたのか。

それともすでにそいつの胃袋の中なのか。

さすがにそれはないか。ユイは暗闇の中で苦笑する。

自分でも不思議なくらい冷静だ。

いきなり、こんな闇の中に放り出されて、記憶もぶつ切り状態だっていうのに、ここまで冷静でいられるのは、ユイにはやらなければならないことがあるからだ。
ハルを見つけてあげたい。
この夜から救い出してあげたい。
それが最重要。なにをおいても達成しなくてはならない目的。
ハルは今、どこにいるんだろう。
泣いていないだろうか。痛がっていないだろうか。
ハル、どこにいるの？　ハル、教えてよ。
ハル。ハル。ハル――。
ハルを想い続けていると、だんだんと怒りの感情が湧いてくる。
ハルを奪ったものへの激しい怒りだ。
いきなり、毟《むし》り取られるように奪われたのだ。
この夜に。
あんなに寂しがり屋のハルを。あんなに怖がり屋のハルを。
どこへ隠してしまったのか。
早く手を握ってあげないと、ハルは迷ってどこかへ行ってしまう。
こんな夜に、あの子を一人になんてできない。
まず、このうっとうしい暗さをどうにかしなければ、なにもできない。

ユイは闇をまさぐり、壁や床や間近にあるものに触っていく。指先が受け取った感触から頭の中に空間のイメージを描いていく。自分が両の足で踏んでいるのがフローリングの床だとわかり、とりあえず胃袋の中ではなかったことに安堵する。あちこちに触れてみると、ここが山積みの段ボール箱や山積みの本、スチール製の本棚に囲まれている狭い部屋だとわかる。本の多い場所といえば、図書館か書店、それか、学校の図書室かもしれない。

壁伝いに出口を探すと冷たい鉄の扉を見つけたが、開けてもなお、暗い空間が続いていた。

負けるものか。

闇はもう怖くない。

どんなに絶望的な暗さでも、その奥に捜しているものがあるのなら、どこまでも進んでやる。

ユイは闇を果敢《かかん》に掻きわける。

どこまで進んでも、どんなに追い越しても闇は闇。進んだ気がしない。進んでも立ち止まっても、見えるものが同じというのは気力をかなり削がれてしまう。

発したそばから言葉も凍りつくような静寂の中。

ユイは足音を聞いた。

大人のものではない。自分と同じくらいの子供のものだ。

——ハル？

呼びかけようとしたが声に出すのはやめた。

ハルなのか、まだわからない。

足音は後ろからついてくる。懐中電灯もつけずに。

違う。

あんなに怖がりなハルが、明かりも持たずに歩けるはずがない。

ユイは歩みを止め、後ろを振り返って闇に視線を据える。

後ろから来るものも歩みを止めたようだ。

向こうからの視線はまるで感じない。

ユイが歩きだすと、後ろのものも歩きだす。

ユイが止まると、後ろのものも止まる。

足音の聞こえ具合から、それほど距離も離れていないはずだが、呼吸《いき》や衣擦《きぬず》れの音もない。

よく聞いていると、後ろのものの歩き方には癖《くせ》がある気がする。

片脚だけ、踵《かかと》をこするような歩き方だ。

ユイの歩き方と同じだった。

自分の癖を真似されるのは、バカにされているようで腹立たしい。
やがて、どこかに着いた。
触れると両開きの扉がある。鉄や木ではなく、表面がソファみたいにやわらかい。
大きな部屋に続いているようだ。そこなら照明もすぐに見つかるだろう。
後ろからついてくる足音の正体を暴いてやろうと扉を開けた。
真っ暗な部屋だ。
足を踏み入れると、足音の響き方からそこが広い空間なんだとわかる。
暗闇の奥へと歩いていき、壁際の机に置かれたスタンドライトをつける。
飴《あめ》色の光が闇を少しだけ溶かした。
まだまだ暗い。
反対側の壁際まで歩いていって、同じように机に置かれたスタンドライトをつけた。
――どうして。
どうして今自分は、ここにスタンドライトがあるとわかったのだろう？
どうやって、なにも見えない闇の中、まっすぐライトまで歩いていけたのだろう？

部屋の中央には、白い布をかけられた大きななにかが置かれている。異様な存在感のあるそれは、布の下で大きな男の人があぐらをかいているようなシルエットを描いている。

——あなたはなに？　ハルをどこに隠したの？

臆することなく歩み寄ると、勢いよく布をめくりあげる。

そこにあるものを見たユイはさっきまでの威勢《いせい》が吹き飛び、顔を強張《こわば》らせた。

おそろしいものが〝いた〟。

ユイは強張った表情のまま、後ずさる。

布の膨らみがすべるように動きだし、突然めくれ上がると、そこからふやけたような白い腕が伸びて、ユイの手を摑んだ。

その瞬間、

——あれ？　こんなことが前にもなかったっけ。

と、よぎった。

ここのような暗いどこかの建物の中で、こんなふうに闇をさまよって出口を探し、こんな感じになにかに腕を摑まれて——そんな体験を以前にもしているような気がする。

手を振りほどこうと抵抗していると、布の下から別の腕が伸びてきてナップサックを摑んだ。ファスナーが開いて、中身が床に落ちる。

「やめてよ！　はなして！」

――そうだ。こんなふうに叫んだこともある。

ドアのほうへ視線を向けると、両開きの扉の隙間から部屋を覗き込んでいるものがいる。

さっきまで自分の後ろからついてきていた足音の主だ。

それは、自分だった。

どうりで視線も呼吸《いき》も感じなかったはずだ。

あのもう一人の自分には顔がない。

やはり、そうだ。

顔のない自分と会うのは、これが二度目だった。

コトワリさまから無事に逃げられて安心したからかもしれない。

ドッと疲れが押し寄せてきて、ほんの少しだけ眠たくなっていた。

「だめ。ユイをはやく見つけないと」

ぴしゃんと頬を手で叩いて立ち上がるが、足が重たい。

ふらふらとゴミ集積場から離れ、どこへ向かおうかと考えながら塀伝いに歩いていく。

前のほうの丁字路《ていじろ》に、よろよろと歩いている影がある。

両腕のない骸骨《がいこつ》のようなその影は、それほど動きは速そうには見えないが、今の自分の体力では追いつかれてしまうだろう。

どこかへ行ってくれるまで、ハルは塀に背中をつけて待つことにした。

塀の冷たさが汗ばんだ背中に心地よく、また強い眠気がやってくる。

唇を嚙んだり、頰をつねったりして眠気に抗《あらが》っていると、耳鳴りがしはじめた。

「また？　やだよ、こんな時に」

山で聞いたものよりもずっと細く小さい、蚊の飛ぶ音のようにかすかな耳鳴りだった。

ハルの頭の中に突然、ある光景が入ってきた。

濁《にご》った水槽《すいそう》のような闇。

その中で赤いリボンが映えている。

ユイだ。暗闇の中にユイがいる。

――ハル、どこにいるの？

――ハル、教えてよ。

呼んでる。ユイがわたしのことを呼んでる。

応えてあげたいのに、自分がそこにいないことがもどかしい。

ユイのいる、この暗い場所はどこなんだろう。

すると、一瞬だけ見覚えのある建物の映像がよぎった。

そこでハルは夢から覚めたように意識が戻り、顔を上げる。

もう、耳鳴りも眠気もなくなっていた。

今のは夢？　疲れが見せた幻？

それとも、ユイからのメッセージ？

考えている時間はない。

ユイがそこにいるかもしれない可能性が一パーセントでもあるなら、行かない理由などなかった。

見ると、丁字路にいた骸骨のような影はいなくなっている。

よし、とハルは一人頷いて、走りだした。

町の南側にある図書館は、夏休みになるとよく宿題をするためにユイと通った。

引っ越す自分には宿題をやる必要がなくなってしまったから、もう行くことはないと思っていたけど、まさか、夜の図書館に忍び込む日が来るなんて考えもしなかった。

豆腐みたいに四角い建物は壁がところどころくすんでいて、夜に見ると迫力がある。懐中電灯の光を当てるとその部分が顔に見え、壁に顔が貼りついているみたいでぞわっとさせられた。

正面入口は鍵がかかっていたので、ぐるりとまわってみると不自然に開いている窓がある。

かなり怪しかったのでどうしようかと迷っていると。

スッと窓を横切る人影を見た。

ユイだった。

赤いリボンのついた彼女の後頭部が見えたのだ。

「ユイっ！」

目が潤んで、今まで我慢していた気持ちが溢れかえった。

ユイ。ユイだ。

ようやく見つけたよ、ユイ。

だが、ハルの声は届かず、赤いリボンは闇の中へと消えていった。

もうぜったいに離れてなるものかと、ハルは窓から館内へと転がるように入り込んだ。

懐中電灯をつけると闇の中でぽっかりと『静』という字が照らしだされた。

壁に貼られたポスターだった。

『図書館内では静かにしましょう。走らないようにしてください』

――うん、そうだよね。

廊下に詰まった闇を懐中電灯で削り取りながら、ユイの歩いていったほうへと向かった。

静かに、走らないように。

すぐに懐中電灯の丸い光が、先を歩くユイの背中を見つけた。

「ユイ、まってよ」

ユイは足を止めてくれない。

「聞いてよ、ユイ、わたし、『お化け』じゃないよ？　ほら見て、ハルだよ？」

声は届いているはずなのに、振り向いてくれない。

お化けの仲間だとおもわれているのかもしれない。早く自分の姿を見てもらおう。

早歩きで距離を縮めようとすると、そのぶんユイも同じ速さで移動する。

でも完全に闇の向こうに姿を消してしまうことはなく、ハルの持つ懐中電灯の光の先がぎりぎり届くくらいの距離を保って、常に背中を見せている。

「ユイ、まってよ。どうしたの？……怒ってるの？」

問いかけながらハルが入り込んだ場所は、本棚の迷路だった。

びっしりと本を詰め込んだ棚が、縦に横に繋がって複雑な通路になっている。

ハルの知っている図書館ではなかった。

今まで入ったことのない部屋なのか、それとも夜はこんな場所までも変えてしまうのか。

戸惑っているあいだにユイを見失ってしまったハルは、焦りながら迷路の奥へと進む。

棚に並んだ本の背表紙の文字を見ていると、目がちかちかする。読める文字と読めない文字がごちゃごちゃに混ざって、絡まって、脚の多い虫の群がりに見えてきた。かとおもえば、ハルを怖がらせようとする物騒なメッセージを文字の群れの中から拾うこともある。

それが、そういう現象なのか、目の錯覚《さっかく》なのか、自分では判断できない。

「あっ」

――いた！

奥の本棚と本棚のあいだに、ユイがすべるように入っていくのが見えた。

今度こそ見失わないように、歩みを速めた。

本当は大声で呼びながら走って追いかけたい。そうしないのは、その声や音で余計なものを呼び寄せてしまうかもしれないという不安もあるが、最初に見たポスターの影響が大きい。

ハルはいつも、どんなルールも破らないように心がけている。

自分は勉強も運動も苦手なのだから、せめてルールくらいは守ろうと。

だから、学校の規則や家のちょっとした決まりごとにも、一度も疑問や反発心をいだいたことがない。『廊下は走っちゃいけません』『うがい、手洗いをしっかりしましょう』、どれも、ちゃんと守っている。それは場所や状況が変わっても同じだった。

今はこの場所のルールを守って、慎重《しんちょう》に、安全に、一刻も早くユイと合流して帰りたい。

でもユイは、まるでいじわるしているみたいに、姿を見せた途端に棚と棚の隙間に入り込んで見えなくなる。

――もう、帰ろうよ。こんなところで追いかけっこなんてやめようよ……。

ユイを追って『新聞コーナー』のプレートが下がる通路に入ると、そこは少し広い通路で、両側の本棚にはファイルが詰まっていて、通路の真ん中には新聞棚《ラック》がある。

通路の奥の闇の中で、二本の白い光の筋が忙しく動いている。

光の先が壁や天井をトカゲのように素早く走り、その動きからは異常な警戒心が見てとれた。

警備員がいるようにもおもえないので新聞棚《ラック》の陰に身を隠したが、その行動は正しかった。

二本のサーチライトを振り回しながら向こうからやってきたものは、人ではなかった。

薄汚れた羽毛を毛羽立たせた大きな鳥で、首から上は人間なので、正確には鳥でもない。身体に対して不釣り合いなサイズの頭を、ゆらりゆらりと揺らしている人面鳥だ。

髪も耳もない、粘土に爪楊枝《つまようじ》で描いたようなのっぺりとした顔には、サーチライトのような光を放つ両眼がある。この眼光に捉われると面倒なことになりそうな予感がした。

通りすぎた人面鳥の眼光と充分な距離がとれたのを確認すると、ユイが歩いていったほうへと向かう。

懐中電灯の光が、迷路を抜けた先にある壁を白く照らし出す。なんだか壁がぼこぼこしていて、よく見ると人間の眼球を叩きつけたようなものがびっしりへばりついている。

ナメクジの集会みたいで、あまりの気持ちの悪さに「ひゃっ！」と声を上げてしまった。

すると何個かの眼球が壁の表面を転がり、くっついてひと固まりになると、透明な翅《はね》を広げ、不快な羽音をたてながらハルに向かって飛んできた。

逃げようと踵《きびす》を返すと、向こうから人面鳥が眼光を向けながら近づいてくる。

ハルはとっさに、棚と棚のわずかな隙間に無理やり身体を捻じ込んで隣の通路へと逃げた。

いるとはおもっていたけれど、やっぱりここにもお化けはいた。

図書館というルールにうるさそうな場所だけあって、みんな静かに身を潜めていて音に敏感なものが多かった。ほんのちょっと音を立てただけで人面鳥や目玉の虫がやってくる。

そういうものたちとは違って、まわりのことなんてまったく気にしていないお化けもいた。

人面鳥の視線から逃れるため、『民俗学』とプレートに書かれた本棚の陰に隠れていると、それはすぐそばに立っていた。地味な色のジャケットを着た、黒縁眼鏡の男の人。

年はたぶん、三十代後半くらいから四十代前半。

左手がなくて、ジャケットの左の袖口から血を滴らせている。その血は床につく前に霞《かす》んで消えていき、この人自身も消えかかっているように半透明で向こうの本棚が透けて見えていた。

まるで写真のように動かず、本棚に並ぶ本の書名にじっと目を向けている。

もっと怖い姿のものを見ているからか、怖さは感じなかった。

ちょっと気になるけれど、今はそれどころではない。

近くに他のお化けの気配もなくなったので、ユイを追いかけようと立ち上がると、急に男の人の声が聞こえだした。

『……どうか、これを聞いて……ように祈る』

ハルは慌ててナップサックを開き、先ほど、カラスの死体があった道で拾った器械を取り出した。コトワリさまに出遭った時に慌てて中に突っ込んで、そのまま忘れていた。器械からは、男の人の声が流れ続けている。

音に敏感な彼らの注意を引いてしまう。どのボタンを押したら音声を止められるのかがわからなくて、器械を両手で包み込んでなるべく音が外へ漏れないようにした。

『……この町の夜は厄介だ……もし、この町が好きで、この後も住み続けたい気持ちがあるのなら、夜を敵にまわしてはいけないよ。仲良くなるのもよくない……………のがいちばんだ。夜に隙を見せてもいけないよ。心を許してはいけないんだ……』

拾った時に流れた声と同じ人だ。最初に聞いた時は深刻そうで硬い声だったが、今の声はどこかに優しさを帯びていた。話し方から、この音声が誰かのために残されたものだとわかる。

器械を胸に抱きしめるようにしながら、眼鏡の男の人のお化けに視線を戻す。

――この人の……声？

なぜか、そんな気がしはじめた。

あの道路の血の跡は、この人の左腕からこぼれたものなのかもしれない。

『……とくに夜の……でこわいのは、人のいないところから呼びかけられることだ。その声に応えれば、命が危ない。深夜の商店街、ダム付近などは危険……ぜったいに……はよく友だちと……に行っているようだけど、山はいちばん……に近い場所だ。山での呼びかけはいちばん……だ。いいね、もし、どうしても行かないといけないことがあったら――』

音声はそこで切れた。

意味はよくわからないが、この人はずいぶんと夜の怖いことに詳しくて、それでいて、夜のことを怖がっている。そしてそれを誰かに伝えようとしている。でも、せっかくこうして残したのに、その誰かに渡す前に死んでしまったのだ。

器械をナップサックに戻す。すっかり、お化けたちに足止めされてしまった。

ユイを追いかけなくっちゃ。

進む先へ懐中電灯を向けたハルは、ハッとなった。

まるでタイミングを計ったみたいに、通路の先を横切るユイの姿が見えたからだ。

後を追うと、ユイは扉を開けて廊下へ出ていくところだった。

――今度はどこへ行くの？

どこまで続いているのかわからない闇の廊下。その先を歩いている背中を呼び止める。

「ユイ、どこに行くの？　ねえ、どうしてまってくれないの？」

どんなに呼んでも止まってくれず、振り向いてもくれない。

やっぱり――。

ユイではないのかもしれない。

ユイなら自分の声を無視なんてしない。名前を呼んだらすぐに振り向いて、手を握って、こんなところから連れ出してくれるはずだ。こんなに自分の声を聞いてくれないユイは、きっとユイではないのだろう。

それでも、あの赤いリボンをつけた後ろ姿を見てしまうと、放ってなんておけない。

真っ暗で、怖いものがうろうろしている場所で一人ぼっち。こんな時に、あの姿を見つけてしまったら、追わずにはいられない。

ユイの後ろ姿を追い続けたハルは、地下への階段を下りていき、長い廊下の奥にある両開きの扉のある部屋へと入った。

奇妙な広い部屋だった。

まず、明かりがあった。部屋を入って左右の両側の壁際に机があり、その上でスタンドライトが一基ずつついている。

土偶や土器といった出土品の入ったガラスケースがあるが、中央にスペースを作るためか、すべて壁際に追いやられている。そのスペースには大きな丸い鏡が鎮座《ちんざ》していた。

日本の神話にでも出てきそうな、金属を一生懸命に磨《みが》いた鏡だ。

この部屋はきっと、地下の展示コーナーだ。昔は町の東に村があったが、ハルが生まれるずっと前にダムに沈んでしまった。そのダム工事の時に出土した品々をここで展示しているようだ。この鏡も出土品なのだろう。

ハルは一度も展示を見たことがないし、近所に住む大人たちでさえ、こういう展示があることを知らないんじゃないだろうか。

ユイの姿はない。他に出口はなさそうだから、物陰に隠れているのだろう。

「ねえ、どうしてわたしから逃げるの？」

ハルは問いかけた。

「隠れてるの？　ねえ……なんとかいってよ……」

お願いだから。嘘でもいいから。声だけでも聴かせて。

視界の隅でなにかが動いた気がして、すぐに懐中電灯を向ける。

鏡に映り込む自分の姿だった。

「もう……驚かさないでよ……」

懐中電灯の光を受けて、鏡の面だけでなく、その周りの飾りのような部分までギラリと輝いた。

――なんだか、えらそうな鏡。

近づいて鏡を覗き込んだハルは、ハッと息を呑んで後ずさる。

そこに映っているはずの顔が、なかった。

鏡の中のハルの顔は、やすりで削ったようにのっぺりとし、目も鼻も口もない。青いリボンを頭にのせた、凹凸のない肉の塊だった。肉の塊が窓から覗き込むように、両手をペタリと張りつけて顔を近寄せた。

ハルは腰が抜けたようになって、その場に尻もちをついた。その状態で鏡から少しでも離れようと、足や手をばたつかせながら後ずさる。

顔のないハルは、ずるずると鏡から上半身を乗り出す。

ハルははじめて、図書館で大声で叫んだ。

これまで出遭ったものたちもすごく怖かったが、自分の姿をした自分でないものを目の当たりにすることほど恐ろしいものはなかった。

顔のないハルは鏡の中に残している下半身を引きずりだそうと必死にもがいている。

だめ！

出てきちゃ、だめ！

どうしよう、どうしようか。

——鏡を割る？

それは少し、いや、かなり怖い。鏡を割ることで、もっと恐ろしい結果を招くような気もする。割った瞬間、自分も砕け散ってしまうかもしれない。

でも、このままなにもしないよりは——。

汗と一緒に握りしめている懐中電灯を振り上げ、そこでおもいだす。

光——そうだ、光だ。

鏡の反射には光が関係すると学校でおそわったのをおもいだした。光がなければ、鏡はなにも映せない。

鏡に目を戻すと、顔のないハルは鏡の中から両足を引き抜こうとジタバタしている。

いそがないと！

キュッと靴底を鳴らし、壁際のスタンドライトまで走った。

焦りのせいで足がもつれ、つまずきかけて倒れ込むようにライトのスイッチを叩く。

もう一基、と振り返る。

反対側の壁が、とても遠く感じた。

顔のないハルは片足だけが鏡に取り残された状態で、それももう引き抜かれようとしている。

二基目のライトに走りながらハルは、間に合わないかもしれないとおもった。

その時、鏡の後ろに落ちている白い大きな布に気づく。

ハルはライトではなく、その布へと向かった。

両手で布を掴むと、遠足でレジャーシートを敷く時のように勢いをつけて広げ、鏡にかぶせる。

ばふっ、と埃《ほこり》が舞い上がり、ハルはケホケホと咳《せ》き込んだ。

咳《せき》で涙ぐみながら、恐る恐る鏡の前に回り込むと、もうそこにはなにもいなかった。

ほっとして座り込んだハルが呼吸を整えていると、床に落ちているなにかに目がいく。

魚だ。魚の形をした、小さいなにかだった。

手に取ってまじまじと見つめるハルは、瞳を潤ませる。

これは、ユイが子犬たちにあげていたペット用のクッキーだ。

優しく手で包んで胸に当てる。

「ユイ、ここにいたんだね」

あいたいよ、ユイ。今、どこにいるの。

入ってきた窓から外へ出ると、夜がこんなに明るいものなのかと感じた。さっきまでの闇が黒い絵の具なら、少しだけ水で薄めたくらいには外のほうが明るかった。

あれはどういう理由で作られた鏡なんだろう。それとも鏡が自ら身につけた力なのか。

なんにしても、古いものなんて、わざわざ土の中から掘り出すもんじゃない。

粘着質な視線を感じ、もううんざりだという表情を図書館へ向けた。

暗い窓から、顔のないユイがハルのことを見ていた。

あの鏡は、まだ自分を騙《だま》そうと幻を見せているのか。

それとも、あれはユイが鏡を覗いてしまったために生まれてしまったものなのか。

もしそうなら、あのユイはこれからどうしていくんだろう。

とぼとぼと、塀と塀に挟まれる狭い道を歩いていた。

小指ほどの蛾が、金色の翅《はね》を慌ただしく羽ばたかせて目の前を飛んでいる。遅れて一枚だけ落ちてきた紙吹雪みたいな動きをしていた。

疲れてしまった。

やっとユイに会えるとおもっていたのに、これでふりだしだ。

街路灯に照らされて塀に映り込む自分の影を見る。背中を丸め、頭《こうべ》を垂れて、足を引きずっている。

夜の町をうろついている彼らにそっくりだ。もしかして、彼らも疲れ果てているのではないだろうか。今なら、仲間に入れてもらえるかもしれない。

かーん、かーん、かーん、かーん。

踏切の警報機の音が聞こえてくる。

――こんな時間に電車が？

正確な時間はわからないが、もう電車の走らない時間にはなっているはずだ。なら、なにが走るんだろう。

ここからいちばん近い踏切にいくため、大通りに出て橋のある方面へ水路沿いに向かった。

踏切の警報音は不安を誘うものだけれど、耳まで疲れているのか、今夜はいつもの警報音よりも嫌な音に聞こえる。妙にねばついて、気持ちの悪い、胸騒ぎを感じさせる音だ。上下交互に点滅する赤い警報灯の動きともまったく合っていない。

しばらくまっていると、棺桶に窓をつけたような白い電車が通過していく。

見たことのない車両だった。

恨みごとを吐き捨てているような陰気な走行音を線路に響かせ、のろのろと通過する。

窓に乗客の影がないので無人かとおもったら、最後の車両に一人だけ乗っていた。

はっきりとしない人影で、男の人か女の人かもわからない。そのへんをうろついている影と同じものかもしれない。

それでもハルは追いかけることにした。

たすけて。

そう聞こえた気がしたからだ。

電車が目の前を通過する時、影が窓硝子《まどガラス》越しに伝えてきた。

人の声《こえ》ではなかった。手の平をこすり合わせるような音だった。

ユイが呼んでいる。
ユイが導いている。
いつも、手を引いてくれたみたいに。
そう信じてみる。
たとえ、あれがまたユイでなかったとしても、次はユイかもしれない。
だから、呼ばれれば追いかける。
ハルは線路を辿って、電車の向かった先へと歩みを進めた。

深夜廻《しんよまわり》

四章——夜半

ユイ

……山道……赤い空……陰気な木々……苔《こけ》むした鳥居……。

そろそろ、このパターンにも飽きてきた。

目は覚めたがすぐには起き上がらず、そのまま空を見上げていた。

濁った空だ。

この町を流れる水路みたいに濁っている。

今度はどこに移動させられたのだろう。どうせ、ロクな場所じゃないだろうけれど。

目が暗さに慣れてくると周囲の様子がわかってくる。

家庭ゴミ、壊れた家電、古い家具、中身の不明なドラム缶に使用済みの注射器などの産業廃棄物。博物館ができそうなくらい、ありとあらゆるゴミが棄《す》てられている。

この場所は、町の南にある〝ゴミ捨て場〟だ。

もとは草木が生い茂る、手つかずの広い土地だったらしい。

町の人たちはここをただ〝森〟と呼んでいる。正式な名前があるのかどうか、ユイは知らない。きっと町の多くの人が知らないだろうし、いつの間にか、巨大なゴミ捨て場になってしまったこの場所の名前なんて、どうでもいいのだろう。だから、ただの〝森〟なのだ。

見渡す限りゴミだが、かといってそこまで環境が破壊されているようにも見えず、これはこれでゴミと植物の奇妙な共存関係だとおもえた。草や植物の勢いは衰えるどころか、ゴミを巻き込んですさまじい姿に変わっていて、ゴミの中でも古株になる自動車たちなどは、植物と同化して新たな存在として生まれ変わっていた。

ここに棄てられているのは要らなくなったものたちだ。

壊れた、飽きた、邪魔になった、古いから買い替えた。そんな理由で不要とされたものたち。

ユイは棄てられているゴミたちが、他人のようにはおもえなかった。

自分もここのゴミたちと大して違わない。そんな気がしていたからだ。

それほど居心地が悪くないのは、それが理由なんだろう。

いっそ、家になんて帰らないで、このままずっとここで――。

風に撫でられたコンビニのビニール袋がしゃりしゃりと騒ぐ。

――だめだよ。

いじけた考えを振り払うように首を横に振ると、立ち上がってスカートのお尻をはたいて土を落とす。

ハルを捜そう。

彼女は自分を必要としているはずだから。

ゴミに埋もれる道を歩きだす。

「ちゃんとハルも歩けてるかな」

ハルはよく、前に進めなくなる。

迷ったり、遠慮したり、怖がったりして、足が動かなくなるのだという。

一度歩きだしてしまえば、そんなに考えるほどのことでもないってわかるのに、ハルはその一歩を踏みだすのに時間がかかる。ユイが手を引っ張ってあげないと進む決断をくだせない。

今ごろ、暗い夜道で立ち止まって、動けなくなっているかもしれない。心細くて泣いているかもしれない。怖い夜から連れだしてもらいたくて、必死に手を伸ばしているかもしれない。

この手を。

ハルは今もきっと、自分のこの手を必要としてくれている――はずだ。

いつも、ハルの手を握っていた右手に視線を落とす。

――なんだろう？

指に、赤い糸のようなものが絡《から》まっている。

どこでくっついたのか。まったく気づかなかった。

不思議な糸だった。触った感じは蜘蛛《くも》の糸に似ていて、取ろうとしても、うまくつまめない。どういうわけか、糸の両端を見つけられないから、どうやって絡まっているかもわからない。

ぞっとするような赤だった。

曇り空で街路灯もない、視界の不自由なこんな暗さの中でも、目に飛び込んでくるような鮮やかな赤色をしている。血の色に似ているからか、指が切り刻まれているみたいに見えた。

この赤色を見ていると、なぜだろう、とても胸が苦しくなる。

風が、森を通り抜ける。

その瞬間、糸は消えてしまった。

――なんだったんだろう。

ぼんやりと右手を見つめていると、なにかの音を聞いた。

顔を上げたユイは、ゴミの散らばる森の奥へと目を向ける。

暗がりの奥からパキャッとペットボトルを踏む滑稽な音がし、茶色の塊が向かってくる。

おもわず一歩後ずさったユイだが、すぐに自分がなにを目にしているのかを理解した。

「チャコ？　……チャコ！」

ポメラニアンの子犬は甲高い弾むような声で答えると、ユイの周りをぐるぐる回りだす。回って回って回って、急に止まると飛び跳ねるように前脚を上げて自分をアピールする。

「迎えに来てくれたの？」

頭を撫でようとしても、喜びに興奮しているチャコがこちらの手を舐めようと必死なので、なかなか撫でられない。

どうして、今までチャコのことを忘れていたのだろう。

大切な友だちなのに。毎日、会っていたのに。こんなに勇気づけられるのに。

きっとハルのことで頭がいっぱいで、他のことが考えられなかったのだろう。

つぶらな濡れた瞳と忙しく震えるピンクの舌を見ながら、「ああ、チャコだ」と嬉しくなる。嬉しいのに、なんだか泣きそうになった。

ヒャン、と鳴いたチャコは、今来たほうへ走り出す。

「まって、そんなに走らないでよ」

数メートル先でユイを待っているチャコは、もう一度、ヒャンと鳴いた。

ユイをどこかへ導いているようだった。

ハル

懐中電灯の光が、一メートルほど先の道にあるなにかを捉えた。

嫌な予感をさせる形なので、ハルは歩みを止めた。

なんだろう。大丈夫かな。

少しだけ近づいてジイッと目を凝らしたハルは、わあっ、と声を上げた。

それは、地面から這い出ようとしている腐った手だった。

「うう、こわい、どうしよう……」

手は道の真ん中にいるので前に進めない。

今はじっとして襲ってくる様子はないが、突然伸びてきて足を摑まれるかもしれない。

しばらくのあいだ警戒しながら見ていたが、まったく動かないので、もう一度、
懐中電灯の光を当ててよく見てみると、腐った手ではなく、薄汚れたボロボロの軍手だった。

緊張が解けたら、一気に身体の力が抜けた。

「なぁんだ、びっくりしたぁ。驚かせな――ひゃあっ」

驚いたハルは横に飛び退いた。

足元に、太くて大きなミミズのお化けが横たわっている。

じりじりと後ずさりながら、あれ、と首を傾げる。

掃除機のホースだ。

はぁ、と大きな溜め息を吐いた。

「やめてよもう……ミミズ、きらいなんだから……」

気を取り直して進もうと、前を向いた。

懐中電灯の光が、木の根元に転がっているマネキンの女の人の首を照らし出した。

ハルは森に響きわたるくらい大きな声をあげてしまった。

ハルは森の中をさまよっていた。

はじめは白い電車を追って線路沿いに歩いていたはずなのに、いつの間に線路をはずれてしまったのだろう、気がついたら森に入り込んでいた。電池の節約のために懐中電灯を消し、線路脇の砂利を踏みながら歩けば迷わないだろうと高を括っていたのがいけなかった。

冷たいものに突然、足首を掴まれたので大騒ぎをしながら懐中電灯で照らすと、傘の持ち手の部分が引っ掛かっていただけだった。どうしてこんな場所に傘があるんだろうと足元を照らし、そこではじめて自分がゴミの上を歩いていることに気がついた。

この森は、大きなゴミ捨て場になっているようだった。

古そうなテレビ、まだ使えそうな冷蔵庫、自転車のサドル、穴の開いたジョウロ、空き缶にペットボトル。

棄てられているものは家や町中で日常的に見ているものばかりなのに、汚れて、破れて、折れ曲がって、空っぽで、欠けているからか、ものというよりも死体におもえた。

ハルは時々、大人がわからなくなる。

「自然を大切に」「街をきれいにしよう」「ムダをなくそう」と声をそろえて訴えるのに、いってることとやってることが違う。いくら人に見られない場所だからって、こんなことをして、心が重くならないのだろうか。

――ゴミの森。

なんて残念な、恥ずかしい場所なんだろう。

こんな場所が、自分の町にあることがとても哀しい。

「あ……」

そうだった。すっかり忘れていた。

自分の町――じゃない。

自分はもうすぐ、この町の住人ではなくなるんだった。

この町とは関係のない人間になってしまうんだ。

ユイには、あんなことをいってしまったけど――。

『引っ越すのやめる』

『この町でずっと、ずっとユイと一緒にいる』

嘘をついたわけではない。

本気の言葉だし、ちゃんと時間をかけて考えたことだ。

でも、実現できるのかといわれたら、きっと返す言葉を失ってしまう。

親にひと言も相談はしていないし、自分だけがこの町に残ってどうやって暮らしていけるのか、そんなことはなにも考えていなかった。感情のままに口から出てしまっただけの言葉だ。

引っ越さなくてはならないと告白した時、ユイの表情が見たこともないくらい暗くなったから。急に落ち着きなく目を動かしだしたから。笑みを浮かべながら「泣かないで、ハル」といった声が、震えていたから。

そんなユイの姿を見てしまったから。

離れたくないという強い想いが先に走って、あんなことをいってしまった。

実現できなければ、あの言葉は嘘になるというのに。

もっとちゃんとユイと話をしたい。このまんまじゃ宙ぶらりんだ。

ハルは一人頷いた。

「そうだよ。これからのこと、ちゃんと決めないと」

早くユイと会いたい。

会えたら、まずなにを話そう。今夜は何度もこんなことを考えている。

今夜、お互いがした冒険について話そうか。それとも、町を歩いている、怖いものについて話そうか。

噂のコトワリさまに会ったことを話してもいい。

でもやっぱり、これからの「わたしたち」のことについて話したほうがいいのかな。

……ひそひそ、ひそひそ。

立ち止まったハルは、強張った表情で周囲を見まわす。

……くすくす。

……くふふ。うふふ。

歪んだスチールロッカーの中から、棄てられたバスタブの中から、古本の束の陰から、不気味な笑い声と視線が送られてくる。

どす、と重そうな音がし、とっさに懐中電灯を向ける。

道の真ん中に車のタイヤが落ちている。

そこには、なにもいない。

でも、ハルは嫌な予感がして一歩、二歩と後ろに下がった。

ムクリ。

タイヤがひとりでに起き上がり、ゆっくりと後ろに転がった――かと思うとハルに向かって、すごい勢いで転がってきた。

かろうじて横に飛び退いてかわしたハルは、去っていくタイヤのホイール部分に燃え上がる顔がはまっているのを見た。

それからハルは、森に棄てられているゴミたちに脅かされた。

炊飯器が蓋を開いて、もぞもぞと動く白い米粒の山を見せてきた。コンセントの入っていないテレビが、顔のない子供たちが遊んでいる映像を流しだした。青い顔の女の人を描いた不気味な水彩画が、壊れた額縁から抜け出してムササビのように飛んで襲ってきた。古そうな壺が笑いながら転がってきて、どこまでも追いかけてくるかとおもったら、木にぶつかってあっけなく壊れた。包丁や傘が元気に飛び跳ねながら、尖った先端でハルを突こうと頑張っている。

あの〝ゴミ袋〟たちもいた。大小並んでガサガサと追いかけてくる姿は、カルガモの親子みたいでちょっとかわいくも見えたが、袋の破れ目から大量の髪の毛や魚の肝《きも》のようなものを垂らして引きずっていたので、やはりかわいいものではなかった。

ゴミに追いかけられ、襲われ、怖いおもいをさせられながら、ハルはおもった。

この森に棄てられているゴミは、人を恨んでいるのかもしれない。

こんなふうに棄てるから。

こんなふうに棄てられたから、怖いものに変わってしまったんだとおもった。

人に産んでもらったものが、人を恨んで追いかけてくる。

そんなのって哀しいし、なんだかちょっと情けない。

「ここはわたし……苦手だな」

足元は歩きづらいし、いつどのゴミが動き出して襲ってくるかもしれないから、おちおち休んでもいられない。

こんな不快で危険で、つらい気持ちにさせられる場所からは早く出たかった。

お化けがいて、暗くて怖いことには変わりはないけれど、まだ町のほうがいい。

ハルは森を分け入って、出口を探し求めた。

どこに行っても木とゴミだけの光景で、同じ場所をぐるぐるまわっているのかもと怖くなった。

どれだけ、さまよっていたのか。

ぽつん、と冷たい滴が頭に落ちて、頬を伝い落ちる。

近くにある家電やトタンが、とん、たん、とん、と鳴りだし、草や木の葉もさわさわと囁きだす。

雨だ。

それも、けっこうな大粒だ。

髪や服が濡れて、じんわり冷たくなっていく。

「どうしよう、びしょびしょになっちゃうよ」

慌てふためくハルは、ゴミの中から飛び出ている《?》の形をした傘の柄《え》の部分を見つける。

いいものを見つけた。

喜んで柄を摑んで引き抜くが、ビニールがなくなって鳥の骸骨みたいになっていた。がっかりしたハルは傘を元の場所に戻した。

雨脚はどんどん強くなる。

雨宿りのできる木を探そうと懐中電灯の光をぐるりと巡らせるが、どの木の下もゴミが占拠している。

町なら屋根はたくさんあるのに――。

困り果てたハルの目が、遠くの木々の隙間に大きな横長の白いものがあるのを見つけた。

こんな森の中にも建物はあるのか。もしかしたら、雨宿りができるかもしれない。

小走りで向かって少し開けた場所に出たハルは、そこにあったものを見て愕然とした。

さっき、踏切を通過していった、あの白い電車だ。

電車は停まっている。こんなゴミ捨て場の森に駅なんてない。走るための線路もない。

車両はひしゃげて傾き、塗装の浮いた病的な白さの車体《からだ》には血の流れたような錆跡があちこちにあって、剝《む》き出しの血管のように全体をツタが覆っている。

自分が追いかけていたのは、この電車の幽霊――そういうことなのだろうか。

「こんなものまで捨てられちゃうんだ……」

驚いている場合じゃない。このままじゃ、びしょ濡れになってしまう。

早く雨宿りしないと――。

電車の二両目の乗り込み口が一カ所だけ開いている。

ツタの這う暗い窓を見ると尻込みしてしまうけど、この際、贅沢《ぜいたく》はいってられない。

雨の勢いに急かされるように、ハルは二両目の乗り込み口に飛び込んだ。

かつては通勤や通学でたくさんの人を運んだのであろう車両は、静寂と闇を包み込んで完全に沈黙していた。ドアの隙間、割れた窓、腐った床下から侵食してきた植物の葉や蔓が、車両を取り込もうと必死に見える。座席には親指のようなキノコがびっしり生えている。

電車の屋根を叩く雨音が激しくなっていく。

雨漏りもしているようで、車内のあちこちから水が滴る音が聞こえてきた。

雨がやまないとユイを捜しにいけない。

降り具合を見ようと窓へ目を向けると、窓硝子が黒く塗りつぶされていくところだった。他の窓を見ても黒い雨水が窓に流れを作り、本流から支流が流れてひび割れのようになる。

ハルは濡れている頬に触れ、その手に光を当てる。

べっとりと赤く濡れていた。

声にならない悲鳴を上げたハルは、恐る恐る窓に懐中電灯の光を当てる。黒かった窓は光に炙られ、毒々しい赤色に染まった。

血だ。

降っているのは血の雨だ。

身の危険を感じたハルは、これまでにない素早い反応でさっき入った乗り込み口に戻った。――が、遅かった。ドアは閉まっている。そこだけ磨いたようにぎらぎらと銀色の光沢を放っているドアは、試さずとも頑なに開かないことを伝えていた。

ドアの硝子窓の中央に、パチンコ玉ほどの赤黒い点が唐突に生じる。点は横に伸び、短い縦線と交わる。見えない指が書いているように、血の滴る文字が一文字ずつ、硝子の表面に現れる。
サ、ム、イ
ハルは、首を横に振りながら後ずさる。

逃げるなというように大きな「サムイ」がドアいっぱいに書かれ、空いている隙間を小さな「サムイ」が埋めていく。ドア一面が血文字の「サムイ」で埋め尽くされる。

ハルがさらにドアから離れると、吠えるような女の絶叫が車内で聞こえた。

絶叫を切っ掛けに、車外から聞こえていた雨音が車内に響きわたる。

ハルは反射的に雨音が強く聞こえるほうへと目を向け、肩をビクンと大きく震わせた。

一両目と二両目の連結部分に女の人が立っている。

「うっ――」

ハルは絶句した。

女の人の顔は、スプーンですくい取ったように目も鼻も口もなかった。

顔の窪みいっぱいに溜めた血をこぼさないように上を向いて、ふらふらとバランスをとっているように見える。

学生服を着ているから中学生か高校生だろう。踏切で見かけた電車の中の人影は彼女だったのかもしれない。生きている人じゃないことは、ひと目でわかる。スカートの下の足は消えかかっていた。

血の雨は彼女にだけ降っていた。長い髪も学生服もべったりと黒く濡れている。

彼女が降らせているのか。

彼女は降られているのか。

ハルはとうとう彼女を直視できず、うつむいてしまった。

こんなに怖い女の人がすぐそばにいるのに、下を向くなんて危険なことだ。

でも、あまりにも血まみれすぎる。

血は見るだけで痛いのに――。

自分の血は痛みとともにあるから、その痛み以上のことはないけれど、自分のものではない血は痛みがわからないから、つい想像しすぎてしまって、とても痛かった。あんなに血が出ているのなら、きっといくら想像しても想像しきれないくらい痛いおもいをしたはずだ。

ハルの足元の床に、血で文字が書かれていく。

タ、ス、ケ、テ

たった四文字の言葉にハルは打ちのめされた。

おずおずと顔を上げたハルは、無理だという目で首を横に振った。

その途端、女の人に降る雨が土砂降りとなった。長い髪の毛も、制服も、みんな赤一色になってしまう。

車内には、むせかえるほどの血のにおいが充満していく。

ハルは呆然としながら、少しずつ後ろに下がっていく。

ハルが下がった分、女の人は雨を連れて迫ってくる。

「いやだ……こないで」

——お願いだから。

ぐんっ、と一気に女の人がハルとの距離を詰めてきた。

ハルは悲鳴をあげて、三両目に向かって走った。

もうヘトヘトで走るのは嫌だったけど、逃げなければこの電車からは永遠に降りることができない予感がしていた。

ハルと並走するように、タスケテ、タスケテ、サムイ、サムイと救いを求める赤い言葉が窓を伝って追いかけてくる。

人から助けを求められることが、こんなに重いことなんだとハルは知った。

いつも助けてくれていたユイは、自分のことを重く感じていなかっただろうか。

八両目に入った途端、ハルの肌と鼻を、風と夜のにおいが撫でた。

この車両の中央のドアは戸袋に収まりきれず、半開きで固まっていた。そこから入り込もうと外の蔓が触手を内側に這わせている。

大人は無理だけれど、ハルの身体なら通れるだけの隙間だった。

助かった、とおもわず泣きそうになった。

ゴミだらけの森を走っていた。

外の雨脚は弱くなっていた。あちこちに泥濘《ぬかるみ》ができていて、何度も足を滑らせそうになる。

廃電車から脱出した今もまだ、足を休めることはできなかった。

後ろから、土砂降りの音が迫っているからだ。

あの女の人は廃電車から離れられないものだとおもい込んでいた。あの場所に繋ぎ留められて動けないものだと勘違いしていた。まさか、こんなにも彼女の行動範囲が広いなんて予想外だった。

場所に縛られていないのならば、この追いかけっこはどちらかが諦めるまで続く。

ハルは彼女に勝てる気がしなかった。

これがユイとの鬼ごっこなら捕まっても負けを受け入れられるけれども——でも、途中で諦めたのが伝わってしまうとユイにはすごく怒られた。

『だめだよ、鬼ごっこのわたしは怖い鬼なんだから。ハルはぜったいに捕まったらいけないんだよ？　走りで負けるのはしかたないけど、先に気持ちが負けちゃだめだよ。鬼なんかに心で負けちゃだめだよ』

背後に迫っていた土砂降りの音が遠ざかっていき、空から降り注ぐ静かな雨の音が近づいてくる。

ハルはそこで初めて、水路の上に架かる石橋の上を走っていることに気づいた。

橋の中ほどで足を止めると、振り返った。

土砂降りに降られている女の人は橋の手前に立ち止まって、ハルのことを顔のない顔で見ている。

ハルが首を横に振ると、土砂降りの彼女の足元から橋の路面を伝って、赤いなにかが這うようにして近づいてきた。

後ずさるハルの足元まで、瞬く間にやってきたそれは、石橋に書かれた血の文字だった。

イカナイデ
雨に降られる女の人に目を戻す。

――あそこから動けないんだ。

祖母から聞いたことがあった。

彼岸《ひがん》のことを。

人は死んでしまうと、川を渡って向こう側へ行く。

川の向こう岸を彼岸という。

向こう岸はもう死んでしまった人たちの世界で、一度渡ってしまった死者はこちらに帰ってくることはできない。川を渡ったことで死を受け入れたと判断され、完全にこの世と切り離されてしまうから。

ここは、あの世の川ではなく、この町にあるただの汚い水路だけれど、きっと、あの女の人にとってはなんらかの境界となっているのだ。

ゴミの森と廃電車は、彼女にとっての彼岸なんだとおもった。

女の人に降る雨は、土砂降りから小雨に変わっていた。

彼女は項垂《うなだ》れて、顔に溜まった血をとろとろと零している。

『涙は血と同じ成分です。』

学校の図書室で読んだ本のそんな一文が脳裏をよぎる。

涙は血からできている水分なんだと知って、その時は驚いた。信じられなかった。

でも今は信じられる。

あの女の人はずっと、自分の涙に濡れているんだ。

ハルは今、彼女を直視できている。

顔が潰れ、血みどろで、目をそむけたくなるくらい怖い姿をしているのに、今は怖さとは逆の感情が強く働いていた。

ハルは小雨を降らせる彼女に背を向け、走りだした。

橋を渡りきって、そこでやっと安堵の息を吐くハルの目が、すぐそばのゴミ山から傘の柄の部分が突き出ているのを見つける。

柄を摑んで引き抜くと、今度は当たりだった。少し骨が曲がっているけど、ちゃんと使える傘だ。

傘を見つめながら、ハルは真っ赤な叫びを思い出していた。

サムイ、タスケテ、イカナイデ
耳にではなく、目に焼き付いている悲痛な言葉。

——あの人は本当に、ただ助けてほしいだけだったのかな。

橋の向こうへ目を向ける。

雨が視界を曇らせて見えづらいけど、まだ彼女は橋の手前にいる。

悩みに悩んだハルは意を決し、橋を渡った。

「イカナイデ」の文字の横を通って、そこからは恐る恐る歩みを進める。

女の人はうずくまって小雨に降られていた。

ハルは開いた傘を差し出す。

「はい」

女の人はうずくまったままで反応がない。

ハルは彼女のそばにそっと傘を置いて、元来た橋を戻っていく。

すすり泣くような雨音を背中で聞きながら、淀んだ水路に架かる此岸《しがん》への橋を戻っていく。

彼岸の反対側は此岸《しがん》だと、祖母は教えてくれた。

それは、この世のことらしい。

ハルは、生きる世界へと帰っていく。

いつの間にか、森を濡らしていた雨もやんでいた。

やがて、森の開けた場所に出た。

そろそろ出口が近いのか、木立の影の隙間から遠くにある街路灯らしいオレンジ色の明かりがチラチラと見える。

明かりを見たら、本当にこの世に帰ってこられたんだと嬉しくなり、そこから一気に疲れが出て、ハルはその場に座り込む。幸い、ここには怖いものもいない。

張り詰めていた気持ちが緩み始める。

「ユイ……どこにいるの……会いたいよ、さびしいよ」

泣いてしまおうかな、と膝を抱いて小さくなる。

遠くから元気な犬の鳴き声が近づいてきた。

深夜廻《しんよまわり》

五章——闇夜

ユイ

チャコは地面のにおいを嗅ぎながら、なにかを追うようにゴミの連なる森を走る。

ユイはそのあとをついていく。

期待せずにはいられなかった。

いつもは元気すぎて、ぴょんぴょんとあっちにいったりこっちにいったり、あまり落ち着きのない子だけれど、今はユイを導こうと真剣で、その足取りはとても頼もしかった。

よほど、連れて行きたい場所があるのだ。

もし、チャコと言葉を通わせることができたなら、この先になにが待っているのか、我慢できずに聞いていただろう。

チャコが走りながら振っている愛らしいお尻と尻尾に、ユイは目を細める。

――この子は強いな。

怖がりで、甘えん坊で、ほっとけなくて、そういうところはハルに似ているけど、いざという時はとても勇敢《ゆうかん》な一面を見せる。今だって、あんなに小さな体で、こんな森の奥まで自分を捜しに来てくれた。そんじょそこらの犬には負けない、自慢の子だ。

ただ、警戒心の強いところは、少し困る。

ユイ以外の人が近づくとチャコは逃げたり隠れたりしてしまうので、ずっと誰にも内緒で空き地で飼っていた。ハルにも秘密にしていた。

でもやっぱり、ハルにはチャコのことを知ってもらいたいし、仲良くして欲しい。

だから昨日、チャコのことを紹介しようと空き地にハルを連れていったのだが──予想はしていたことだけれど──チャコは彼女を見るなり、あっという間に逃げてしまった。

それから──。それから──。

「えーと……あれ？」

それから、どうしたんだっけ。

ああ、そうだ。ハルと二人で、逃げたチャコを捜すために町中を巡って──。

アン！

ひと声鳴くと、チャコは走る速度を上げた。

目的の場所が近いのかもしれない。

それにしても、本当にどこまでいっても、あきれるくらいゴミの尽きない森だ。

さっきこの森を博物館にたとえたが、今走っている道がまさにそうだった。

掃除をサボっている掃除機、片方だけのスニーカー、折れた木の枝を寝かせてあるベビーベッド、青いスプレーで『終』と画面に書かれた箱型テレビに歯並びの悪いオルガン。

奇妙な題名をつけたくなる作品《ゴミ》たちが、展示品のように道の両脇に並べられている。

「ここに来るのは久しぶりだね、チャコ」

アンッ、とチャコが返してきた。

ユイは町中のいろいろなところを探検している。

ハルは嫌がりそうだから連れてきたことがないけれど、この森にもチャコたちと一緒に一度だけ来たことがあった。

——チャコたち？

ユイはもう一つ、大切なことを思い出そうとしていた。

その時、視界が開ける。

空が広がり、木々やゴミのまばらな広い場所に出た。
ユイの目は迷うことなく、広場の真ん中でうずくまっている影に留まった。
チャコはもう地面のにおいを嗅がず、その影にまっすぐ向かって行く。
もしかして――。
視界が潤んで曇った。
雲に切れ間ができ、淡い月明かりが影の上の青色のリボンを照らし出す。
やっぱり。
やっぱり、そうだ。
その名前をユイは力いっぱい叫んだ。
「ハル！」
ずっと呼びたかった名前だ。もう何年も呼べていなかったような気がする。
膝を抱え、小さくなって座り込んでいたハルの疲れた顔が、パッと明るくなる。
「もうっ、捜してたんだよ！」
「ごめんね、ハル、ごめん」
ハルは膝立ちになって両腕を広げた。
ユイも走りながら両腕を広げる。
このあと二人は、ぶつかるくらいの勢いで「抱擁《ギュッ》」をする。それから泣いて、笑って、今夜、お互いにあったことを語り合って、いつものように手を繋いで家へ帰るのだ。

ユイはそうおもっていた。

「わたし、嫌われてるのかとおもったよ——わんちゃん」

ハルは両腕を広げたまま、チャコを抱きしめようと待っていた。

足に急ブレーキをかけたチャコは、困惑する目をユイのほうに向けた。

ユイは歩みを止めると、笑みを強張らせながら腕をゆっくり下ろす。

「ハル……そういう冗談はやめてよ、びっくりするからさ」

「わたしのこと、さがしてくれてたの？」

ハルの笑顔はチャコのみに向けられ、ユイへは目さえも合わせてくれない。

「……怒ってるの？」

「よくここにいるってわかったね。あ、そっか、鼻がいいんだもんね」

「ハル、やめてってば」

「ユイは見つかった？　キミはずっとさがしてるんでしょ？」

「やめて」

「わたしのほうは、ぜんぜんだよ。さっきからお化けしか見てないよ」

「やめてよっ」

ユイは語気を強める。

チャコがビクンと身体を震わせた。

「ねえ、お願いだから……」

知っている。ハルがそんな冗談をするような子じゃないと。

知っている。ハルにはこんなそっけない素振りは演技できないと。

誰よりもハルのことを知っているからこそ、受け入れたくなかった。

受け入れた後のことを考えたくなかった。

「ハル、ここだよ。わたしはここにいるよ。ねえ……見てよ。わたしを見てよ」

さっきから自分を避けている視線の中にユイは自ら入っていく。飛び込んでいく。

ここだよ、ここにいるんだよ、と。

目が合ったような気がしても、その瞳の中に自分が映っていないことはわかってしまう。それでもユイは自身の存在をアピールし続ける。

「はぁー……ユイはどこにいったんだろうね」

体育座りのハルは身体を前後に揺らしながらチャコに聞いている。

チャコはクゥーンと困った声を漏らした。

「さびしいよね。キミはユイのこと大好きだもんね？　わたしも大好き。今ごろ、なにしてるのかな。早く、会いたいよ……ユイ……」

ユイの立っている場所を前脚で掻いたり、くるくる回ったりしながら、チャコなりにユイの存在を伝えようと頑張ってくれているけど、ハルはまったく気づかない。チャコの困惑の目はたびたびユイに向けられる。チャコには、どうしてハルがユイのことを見ていないのか、理解できていないみたいだった。

ユイは理解した。

いちばん、残酷な真実を。

自分がもう、死んでいることを。


ハルとユイは背中合わせで座っている。

二人の背中のあいだには、途方もない隔《へだ》たりがあった。

それは距離では測ることのできない、遠い遠い隔たりだった。

「そっか……ハルにはもう、わたしの声、届かないのか」

それだけじゃない。

背中の体温を感じられない。手を握っても温かさがわからない。

ハルに感じてもらえないだけではない。自分も感じられなくなっている。

これが最悪の悪夢でないならば決定的だった。

「さがしていてくれてたんだね。こんな真夜中まで……ずっと。怖かったでしょ？　心細かったでしょ？　ごめんね、ハル。わたし……わたし、もう――」

死んじゃったみたい。

でも、わからない。

自分がなぜ、死んだのか。

その謎はきっと、この夜に体験している不可解なことのすべてと欠落している記憶が関係しているに違いない。

「チャコには、わたしが見えるんだね」

ユイに寄り添っているチャコの濡れた瞳を見つめる。

「そうだ、ねぇ、チャコ……クロは？」

ついさっき、おもいだすことのできた大切な名前。

クロ――煤《すす》をかぶったみたいに真っ黒な毛の色をした、のんびりした性格の子。

チャコがいるなら、ここにクロもいないとおかしい。二匹はお箸《はし》みたいにいつも一緒《セット》だった。どっちも大切な家族なのに。

それなのに自分は、さっきまでこの名前を忘れていた。完全に。

死んでしまうと、そんな大切な記憶まで失ってしまうのだろうか。

「どうして、クロと一緒じゃないの？　クロは今、どこにいるの？」

チャコは困ったような目でユイを見上げるとクゥーンと切ない声を漏らした。

空白を埋めなくては——。

思い出せない記憶の空白部分に、きっと自分の知りたいことがあるはずだから。

夢で見る記憶の断片。目覚めるたびに違う場所へ飛ばされる現象。鏡のある部屋で覚えた、以前にも同じことを体験しているような不思議な感覚。クロの行方。

そして、自分の死の理由。

すべてが繋がっているような気がしてならない。

どこから始まっていたんだろう。

ハルと花火を見にいった帰りから——いや、たぶんそうじゃない。

その前からだ。昨日から今日にかけて、記憶に曖昧《あいまい》な部分と完全な空白がある。

気になるのは山だ。夢で見る記憶の断片に、たびたび出てくるからだ。

自分で開けない記憶の鍵は、山に行けば見つかるような気がする。

「きっと」「気がする」「かもしれない」——今夜はそんなのばっかりだ。

それもこれも、この夜のせいだ。

夜は大事な真実《もの》を、夢と影と闇の中に隠してしまう。

きっと朝が来たら夜はすべてを持ち去ってしまって、二度と真実の行方がわからなくなる——そんな気がする。

だから知ろう、真実を。どんな真実《こと》でも受け入れよう、恐れずに。

自分が死んでいた——それよりも残酷な現実《こと》なんてないはずだから。

ユイは決めた。

少し長くなるかもしれない旅に出ることを。

「ハルをよろしくね」

チャコを抱きしめる。ユイの感触はないはずなのに、チャコは嬉しそうに尻尾を振っている。

ユイのことを感じているよ、そういってくれているような気がした。

旅のお守り代わりにチャコの温かさと、ふかふかの毛から香るお日様のにおいがほしかった。もうどちらも感じることができないので、記憶の中のものを忘れずに持っていくことにした。

ハルの手を握る。

疲れて、少し眠たそうな目をしている。

ハル——ハルだ。この子はハルだ。

妹みたいな、いちばんの友だち。

ほっておけない、ちょっと心配な子。

見たこと、聞いたこと、感じたことを共感し、共有してくれる大事な存在。

ずっと、そばにいてあげたかった。
ずっと、手を握っていてあげたかった。
ハル、と呼びかけた。
「わたしのことは、さがさないでいいよ。もう遅いから」
——おうちに帰って。
ユイは眼差しを山の方角へと向けた。
その先に待つ、深い夜を廻《めぐ》る覚悟をして。

ハル

ハルはまじまじと自分の手を見つめた。

たった今、誰かに触れられたような感覚があったからだ。

お化けには、地面だろうと塀だろうとどこからでもお構いなしに手を伸ばしてくるものもいるから、その仲間が近くにいるのかともおもったが、そういう嫌な感じでもなかった。

どんな感じだったか正確に思い出そうとしても、風がペロリと舐めていった程度の本当に一瞬の感覚なので、もう思い出せない。

ゴミ袋に追いかけまわされるような夜に「気のせい」という言葉のほうが説得力はないが、今のはきっと気のせいだろうと立ち上がった、その時だった。

目の前に白いものがポトリと落ちた。

紙飛行機だ。

「手紙？」

いつもの条件反射で手に取ったが、すぐに紙を広げるのはさすがにためらわれた。

近くに家もなく、高い場所もないこんな森の中、真夜中に飛んでくる紙飛行機だ。人が飛ばしたものか、疑わしい。

子犬が吠えだした。紙飛行機に向かってなにかいいたげだ。

「だめなの？　ちがう？　えっ、どっち？」

ユイのように犬と気持ちを通じ合えるわけではないので困ってしまう。

グルルと唸っているわけじゃない。どちらかといえばかわいらしい吠え方だ。これはきっと、読んでも平気ということじゃないだろうか。

実は久しぶりに紙飛行機の手紙を拾うので、こんな時なのに少しわくわくしていた。

最初に見えた文字が物騒なものなら即、丸めて潰す。そう決めて、慎重に紙飛行機を展開していく。

『ハルへ』

その三文字が目に飛び込んできた瞬間、視界が曇った。

ハルの目は涙に溺《おぼ》れていた。

それほど遠い思い出ではないのに、懐かしくてたまらない字だった。

ちょっとクセがあって、担任の先生からも直すようにいわれているのを横で聞いていたけど、ハルはこの字がかわいくて好きだった。

ユイの字だ。これはユイからの手紙だ。

すぐに読みたいのに、涙で曇って字が滲《にじ》んでしまう。拭《ぬぐ》っても拭っても涙は溢《あふ》れてくる。

嬉しさで胸の奥から込み上げる涙は嫌いじゃないけれど、この時ばかりは邪魔だった。

腕でごしごしと涙を拭い取ると、立ち上がって声を張り上げる。

「ユイ！　ユイーッ！　わたしは、ハルはここだよっ！」

ゴミの森に声は広く拡散される。壊れた家電や古ぼけた家具に反射し、暗い木立の影の隙間を縫って、ユイの名が森の奥へと浸透していく。

お化けたちに聞かれても構わなかった。

——近くにユイがいるんだ。ユイが手紙をくれたんだ。

さっきまで、ズシリと身体《からだ》にもたれかかっていた疲れが嘘のように消えていた。

喜びに水を差すような、低い唸《うな》りが聞こえてきた。

子犬の声だった。

歯茎《はぐき》が見えるほど歯を剝きだし、十メートルほど先の森の暗がりに向かって警戒の反応を見せている。

「なにか……いるの？」

不穏だった。この反応はユイではない。

子犬が警戒の視線を突き刺している暗闇の中へ目を凝らす。

〝灰色の闇〟がある。

夜の産んだ純粋な黒色《やみ》の中、その灰色は少しずつ膨らみながら輪郭《りんかく》を浮き出し、奇妙で大きな姿を現した。

コトワリさまに見つかったのだと青褪《あおざ》めた。

けれども、それはまた違うものだった。

灰色の中に、のっぺりとした仮面のようなものが浮いている。その仮面のようなものを中心にたくさんのミミズのようなものが生え、うち何本かは、三つの大きな灰色の袋を持っていた。

なにかに喩《たと》えたいけれど、喩えられるものがみつからない。

その大きなお化けは、ハルに向かってミミズのような触手を伸ばしてきた。

なにをしたいのかわからないけど、撫でたり褒めたりしてくれるような見た目じゃない。

「わんちゃん！」

逃げるよ、という意味での呼びかけだった。

ハルはもう走りだしていたが、疲れが消えたといっても精神的なことで、肉体的にはまだ厳しかった。

倒れているオイルヒーターを飛び越えることもできず、つまずいて地面に転がった。

這いつくばって泥だらけの顔を上げたハルは、しっかり握りしめていたはずの手紙が手の中から消えていることに気づく。

手紙は振り子のような動きで風をすべりながら、ハルが必死に伸ばしている手からは、だいぶ離れている地面に落ちた。

子犬がハルの背後に向かって吠えている。

わんちゃん、ともう一度、呼びかけた。

「手紙をお願い！　ぜったいに戻ってくるから！」

その言葉を伝えきらぬうちにミミズのような触手に搦《から》めとられ、視界が真っ暗になった。

※

ハルは夢を見ていた。

トーストの上のバターみたいに太陽が地平に溶けていく。朱色の空に、たくさんの家の屋根が描くギザギザの線が濃く際立っていく。間もなく、町に夜がやってくる。

その前にユイに伝えなくてはならないことがあったのに、まだいえていなかった。

ユイは誰にも内緒にしていた秘密を教えてくれたのに。

近所の空き地でこっそり、二匹の犬を飼っていたのだ。

どっちもまだ小さくて、柔らかくて、いいにおいで、愛らしいわんちゃんたちだった。

茶色の毛の子はハルを警戒し、逃げてしまって触らせてくれなかったけど、黒い毛の子はとてもなついてくれた。ハルの元気がないことがわかるのか、顔をペロペロと舐めて元気づけてくれて、ぴょい、といなくなったかとおもうと、どこから拾ってきたのか毛糸を編んで作ったような小さな人形を咥《くわ》えてきて、ハルにくれたりもした。それは持っていると願いが叶うといわれている、学校でも一時《いっとき》、流行っていた人形だ。もう今は誰も持ってる人はいないけれど。

ユイの秘密には本当に驚いてしまったけど、たのしくてかわいい秘密だった。

——わたしも、いわないと。

ユイだけに秘密をいわせて、自分はいわないなんて卑怯だ。でも……なんていおう。

この日は一日中、遊んでいる時もずっと、そのことばかりを考えていた。たまに上の空になってしまって、ユイには悪いことをしてしまった。

カラスが遠くで鳴き、蝙蝠《こうもり》がチラチラと飛びはじめる。屋根や草木が地面に影を落とす夕暮れ空の下、一緒に手を繋いで帰る時間になっても、まだハルはいえなかった。

家々の夕食のにおいを嗅ぎながら影を引きずって歩いていると、ユイのお腹が鳴った。

「えへへ、お腹空いちゃったね」

ユイが照れ笑いをする。

ハルが「そうだね」と返すと、ユイは立ち止まって顔を覗き込んでくる。

「ハル、どうしたの？」

「え、なにが？」

「元気ないよ。今日、ずっと」

ユイは気づいていた。

繋いでいる手をギュッと握りしめ、ハルは口を開く。喉に詰まっている言葉を押し出す。

「あのね……ユイに伝えなきゃいけないことがあるの」

ハルは、夏休みが終わったら引っ越さなければならないことを告げた。

夕日に染まったユイの顔は、こんなに暖かい色なのに凍りついていた。

そんなユイを見るのは初めてだった。

つらかった。つらくて、俯《うつむ》いてしまった。

大切な友だちにこんな表情《かお》をさせてしまった。ハルの唇はぷるぷると震え、鼻の奥がツンとなって、目から涙が溢れて止まらなくなった。

「泣かないで、ハル」

顔を上げると、ユイは笑顔になっていた。笑顔で涙を浮かべていた。

「泣いてるヒマはないよ。今年で最後なら、一つでもたくさん思い出を作らなきゃ」

ハルは涙に溺れながら、ありがとう、ごめんねを繰り返した。

二人は涙を拭って。

明日の花火大会は一緒に見にいこうと約束した。

「それじゃあ、ハル……また、明日ね」

「うん……また明日。ユイ、気をつけて帰ってね」

ハルの家の前で——ユイのほうから手を離した。

ユイの力強さが、体温が、ハルの手から遠のいていく。

一度、拭った涙が、またハルの瞳から溢れ出た。

いつもなら、手を離すのはハルのほうからだった。もっと一緒にいたくて、なかなか手を離せないでいると、ユイはハルが離すまでずっと待っていてくれた。

でも今日は、ユイのほうから手を離した。

笑ってくれたけど、ほんとうはユイの心は傷ついていたのかな……。

やだ。

やっぱり、いわなければよかった。

こんなのやだよ。

ユイがもう、二度と手を繋いでくれなくなるかもしれない。

どうしよう。どうしよう。あの手がないと、わたし、なんにもできない。

新しい土地で、新しい学校で、ユイがいなくて、友だちもいなくて。わたしの手を握ってくれる手はもうなくて。

どうして、ユイと離ればなれにならなければいけないの？

やだ。引っ越したくない。どこへもいきたくない。これ以上、つらい気持ちになるのは。

「もう……いやだ」

その時。

ハルの背後で奇妙な金属音が聞こえた。

金属と金属を擦り合わせるような、鳥肌が立つほど怖い音が。

恐る恐る振り返ると、玄関ポーチのあたりがやけに暗い。その暗さが庇《ひさし》の作る影と違って、不自然で普通じゃない暗さに感じ、ハルはゾッとしながら目をそむけた。

「ユイ……」

震える声で呼ぶと、もう背中を向けて歩きだしていたユイが振り返る。

「どうしたの？」

「なんだか、怖いの」

「大丈夫？　なにかを見た？」

「ううん、音が――」

話しているあいだにも、背後から金属音がじわじわと近づいてくる。

後ろになにがいるんだろう。知りたいけど、知りたくない。

後ろのなにかが、いつ背中や首筋に触れてくるかと考えたら、もう耐えられなかった。

「怖いよ、ユイ！」と叫んで、手を伸ばしていた。

すぐにユイは走って戻ってきてくれた。ハルの手は、一度離れたものを再び取り戻す。グン、と力強く身体が引かれ、ハルの足は自然に走っていた。

夜が頭をもたげようとしている町を、二人は走った。

背後から迫る金属音は、命を脅《おびや》かすような恐ろしい音で足が竦んでしまうくらいに怖かったけれど、ユイが手を握る力強さがハルに走る力をくれていた。

どれくらい走って、隠れてを繰り返したのか。気がつくと怖い音は聞こえなくなっていた。

「きっと、お酒をたくさん飲んだおじさんだよ」

と、ユイは落ち着いた表情でいった。

「ほら。お父さんがよっぱらうと、あばれたり、大声をあげたりする時があるでしょ？　きっとアレと同じだよ」

おじさんの声と金属の音は違うのになとハルは首を傾げたが、だんだんユイのいうとおり、あれはなにかを聞き間違えたのかもしれないとおもえてきた。

ユイはまた、家まで送ってくれた。

玄関の庇の影は、いつもの薄暗さに戻っていた。

今度はハルが手を離すまで、ユイはじっと待っていてくれた。

家の門の鉄扉《てっぴ》を挟んで明日の花火大会の約束を再び交わし、手を振り合って、帰っていくユイの背中を見ていた。

その時。

声が聞こえてきた。

※

夢らしくない夢だ。

目が覚める前の暗い意識の中、ハルはあまりの鮮明さに驚いていた。

どうやら今見た夢は、昨日、自分が体験したこと――ということになっているみたいだ。

確かに、あんなことがあったし、あんな会話をした覚えもある。でもそれぞれの記憶の濃さがばらばらで、半分くらいははっきり覚えていることで、半分くらいは、そんなことあったっけ、という感じだ。頼りない記憶がちぐはぐに繋がった夢を見たのかもしれない。

でもそのくせ、音や感覚は驚くほどはっきりとしていた。泣いた時の鼻のツンとした痛み、走った時の胸の鼓動、夕暮れ空の赤色。だから、実際に昨日、そういう一日を送ったような気にさせられたけれど、まったく覚えていないこともあった。

追いかけてくる怖い音——あれはもしかして、コトワリさまなんじゃないだろうか。

夢で見たすべてが本当にあったことだというのなら、昨日の夕方、すでにコトワリさまに会っていることになる。あんなことはなかった——といいきれないのが頼りない。それくらい、現実っぽい肌触りのある夢だったのだ。

それに、あの声——最後に聞こえた声。あれはなんだったんだろう。

あの後に来る夜、夢の中の自分はいったいどうなったんだろう。

ただの夢なのに、それが気になってしかたがない。

なぜなら、昨日の夜のことが、ハルの記憶の中のどこにも見当たらないからだ。

——真っ暗な夢の余韻から、ハルは目覚めようとしている。

※

全身に釘をゴンゴンと打ちつけられているような痛みだった。

冷たい床の上でイモムシみたいに身をよじりながら、ハルは瞼を開いた。開いたところで、目に入るものは黒一色。

痛みに歯を食いしばりながら身体を起こし、周囲を見まわしても見える色は変わらない。

上も下もなんにもない、真っ黒な世界。

あの灰色の袋のお化けに、食べられてしまったのだろうか。

ここはあのお化けの胃袋の中なのかも——いや、それなら床もぶよぶよとしているだろう。

なにもわからない。なにも情報がない。

死ぬっていうことは、こういうことなのかもしれないとハルはおもった。

気がついたら、なんにもない真っ暗闇の中。そこがどこかを知る方法も、教えてくれる人もいない。ほったらかされて、自分になにが起きているのかもわからない。無限に続く黒い世界で、なにもわからないまま永遠の時間が続いていく。

雨に降られていた女の人もきっと、気がついたらああなっていたのだろう。目が覚めたら、目も鼻も口もなくなっていて、どうしてなんにも見えないのか、どうしてあんな場所に自分がい続けなくてはならないのか、今も、そしてこれからもわからない。それは地獄だ。

ガゴォォン。

重たい金属音が、遠くのほうで聞こえている。

油や錆のにおいがひどい。少し吐き気もする。

音もあるし、くさいし、気持ちが悪い。

どうやら、ここは死後の世界ではないようだが、さっきまでいたゴミの森でもないようだ。

袋のお化けも近くにいる気配はない。

手探りで見つけた懐中電灯のスイッチを入れる。放たれた白い光が痛いくらい眩しくて、慣れるまで目をシバシバさせた。

かなりの広さがある建物の中にいるようだ。光を上に向けると天井まで届かず、闇に食われて霞んでしまう。

一筋の光を頼りに、深海魚の泳いでいそうな果てしない闇をさまよった。

足元には赤茶けた鉄板が敷かれ、歩くだけで大袈裟《おおげさ》な足音が響いた。

壁には巨人の内臓みたいな太いパイプが迷路みたいに複雑に巡り、ゲボゲボと汚い音をさせながらなにかを循環させている。

歩いても歩いても、暗闇から光が見つけるものは、瘡蓋《かさぶた》が浮いたようなタンク、血管が剝き出しの機械の腕、象の死骸のような重機など、硬いものばかりだ。きっと、見渡すかぎりの鉄。

ここは、かなり広い敷地に建てられた巨大な工場のようだ。

自分たちの町で、こんなに大きな工場は見たことがない。たぶん、違う町の工場まで連れてこられたのだろう。

機械はたくさんあるのに一つも稼働《かどう》しているようには見えず、みんな死んだように沈黙している。

時々、遠くのほうから重たい金属音が聞こえてくるけれど、作業員の姿は一人もなく、あらゆる鉄という鉄が粉を吹くほど錆びついている。

稼働していないのではなく、稼働することができなくなった工場なのかもしれない。

どうして、こんな場所を歩かされているんだろう。

袋のお化けが、ここまで自分を運んできた理由はなんだろう。

「人をさらうのが趣味なのかな」

町の人たちをどこかへ隠しているのもあのお化けの仕業なんだろうか。

でもそれならば、さらわれた人たちがこの工場にいないのはおかしい。

まさか、食べられてしまったとか――それなら見つけた瞬間にパクリでもいいとおもう。わざわざこんな場所に連れてくる意味がわからない。

なにかの意味はあるんだろうけど、ヒトじゃないモノの考えることなんてわからないし、わかりたくもない。きっとわかったら、ダメなんだとおもう。

それにしても、こういうほったらかしはほんとうに困る。

これがいちばん、不安にさせられる。

だんだんと、やっぱり自分は死んでいるんじゃないかという気持ちになってくる。自分が生きているという確信と実感を持てなくなる。

永遠に夜の工場をさまよう、そういう地獄に堕《お》ちてしまったのかも。

そう考えると怖くて、怖くて、たまらない。

死んでしまったら、なにもかも失ってしまう。

温かいお風呂も。おいしいご飯も。未来の夢も。

お父さんも、お母さんも、一緒にいてくれなくなる。

ユイだって——死んでしまった人間の手までは引っ張ってくれない。

だめだ。絶望的なことばかり考えちゃ。希望のあることを考えないと。

今、希望があるとすれば——あの手紙だ。

ユイはなにを書いてくれたんだろう。

読みたい。読みたいよ。ユイが送ってくれたメッセージを。

そのために。

「ぜったい、ここからでてやる」

ハルらしくない強い言葉で決意を口にした、その直後。

沈黙していた背後の闇が強い存在感を放ってきた。

振り向きざまに向けた懐中電灯の光が、仮面のようなものを捉える。

灰色の袋のお化けがそこにいた。

いつからいたのか。ずっといたのか。行動を観察していたのか。

「ぜったいに、ここからでてやる」

ハルはもう一度、決意を口にした。少し声は震えてしまったけれど。

袋のお化けは頷くように全身を前に傾けたかとおもうと突然――。

裏返った。

いったいなにがどうなって、そうなったのか――。

袋のお化けは自分を捲りあげるようにして、一瞬で歯茎色の肉の塊になった。

この状況の中、ハルはほんのちょっとだけ安心していた。

鋏や袋よりも相手の目的がわかりやすい。全身の大部分を占める大きな口が、だらしなく開いていたからだ。

よく、食べるのだろう。

肥満の化身のような肥えた体は、どれだけ食べ続けたらあそこまでなるのか。

きっと、我慢なんて言葉は知らないのだろう。さらった人たちもペロリと食べてしまったに違いない。あんなに大きな口を持っていたら、髪の毛一本だって残しやしない。

あの感情の欠片《かけら》も見つけられない仮面のようなものが、立派な上下の歯列のあいだから覗いている。

ハルは走った。

歯茎色の肉が追ってきた。

この瞬間、ハルの中から完全に不安が消し飛んだ。

確信と実感が持てたからだ。自分は生きていると。ここはまだ、地獄なんかじゃないんだと。

「ぜったいに、ここからでてやる」

ハルは三度《みたび》、決意を口にする。

深夜廻《しんよまわり》

六章――真夜中

ハル

『やればできる』という言葉が嫌いだった。

その前に『諦めなければ』がつくと、もっと嫌いだ。

嫌いになったのは、体育の時間。

ハルと一人の男の子だけが、逆上がりができなかった。

先生は人一倍熱い性格で、『やればできる』からとみんなの見ている前で二人に練習をさせた。男の子のほうはぽっちゃり体型の運動が苦手な子で、誰が見てもその日のうちに目的を達成させることは難しかった。

それでも先生は「やればできる！」を繰り返し、たまに『諦めなければ』を頭につけた。クラスのみんなも先生の熱に浮かされて二人の応援を始めた。

一緒にやらされていた男の子も男の子で、先生の熱意とみんなの応援に胸を打たれてしまったのか、「やればできる」を繰り返し、泣きながら奮闘《ふんとう》していた。

ハルも泣いた。でも涙の意味が違う。体育の時間が終わるまでにできなかったらどうしようと、怖かったからだ。

結果、二人ともできなかった。

あの時の、一気に熱が冷めたみんなの目は、今でも心に焼きついている。

それ以来、大嫌いになっていた、『やればできる』。

ハルは今夜、その言葉を初めて受け入れることができた。

――やれば、できた。

まるで悪い夢の中にいるような鉄と錆の迷路を、諦めることなく、挫けることなく駆け巡り、しつこい追跡からもハルは逃げ切った。あの肉のお化けも、もう追ってこない。

自信を持って成し遂げたといえることは、これが初めてかもしれない。

廃工場の敷地を出た後、ハルはまず、自分がどこまで運ばれてきたのかを知らねばならなかった。それからゴミの森までの最短の経路を探さねばならない。

「怖いおもい……してないかな、わんちゃん」

ゴミの森で、無事に待っていてくれてるといいんだけど。

あの子もユイに早く会いたいだろう。

廃工場の敷地を出てもしばらくは、家らしい家はなかった。

タイヤのない車が門の前に放置されている小さな町工場《まちこうば》。ボロボロの軒先《のきさき》テントをかぶったパン屋さん。窓もドアもない風通しのよさそうな、がらんどうの建物。逆に隙間がひとつもないくらいトタンを重ね張りしている、息苦しそうな建物。どれも廃墟だった。どこも錆び崩れていた。そこに住み、働いていた人たちは、工場のようになりたくなくて逃げてしまったのだろう。

人は物だけでなく、場所まで棄てるみたいだ。

人って怖いなとハルはおもった。


しばらく歩くと廃れの色も薄れていき、人の暮らす町並みになっていった。

町の地図の描かれた立て看板を見つけた。

地図を見るのは苦手だが、ないよりはマシかと懐中電灯の光を当てると、そこにハルの手の平よりも大きな蛾が翅を広げてとまっている。

驚いたハルはおもわず「わっ」と声をあげた。逃げ出しそうになった。

地図のど真ん中にとまって邪魔をしている蛾は、翅に目のような模様がある。感情のない真ん丸の目にじっと見つめられているようで怖かった。動く様子はないので、あまり刺激しないように息を殺しながら地図を見ていたら、ハルの口から「なんだ」と声が出た。

どこまで飛ばされたのかとおもえばここは、となり町だ。

地図にはハルの通っている小学校や、ユイとたまに行く公園の名前が書かれていた。

まったく気づかなかった。地の果てにでも飛ばされたような感覚だったのに――。

夜が町の相《かお》を変えてしまうからだろう。自分の住む町も、まるで悪い夢の中のようだった。

――知らなかったな。

あんなに大きな工場がこんなに近くで、人目に触れず潰れていたなんて。

あんなに大きなものが、すぐそばで滅んでいることに気がつけないだなんて。

無関心と鈍感であることは、なんだか怖いとおもった。

『現在地』と赤い字で書かれたところからまっすぐ進むと、商店街に着いた。

元、商店街といったほうがいいかもしれない。

ここは何年後かに、ショッピングモールになることが決まっているみたいで、もう取り壊しも始まっているらしい。ずっと前に一度だけ、親と来たことがあったけど、昔からあるような、古い看板の店がたくさんあったという印象がある。

入口には『立入禁止』の看板が立っていたが、遠回りすると道に迷いそうなので、通行止め《バリケード》をよけて商店街の中を突っ切ることにした。

親と来た時の面影は、もうなくなっていた。

半分くらいの店が取り壊されていて、まだ取り壊しのはじまっていない店は、閉じられたシャッターに『長年のご愛顧に感謝いたします』と丁寧な言葉で書かれた閉店のお報《しら》せを貼っている。中には『閉店』の二文字を殴り書きしただけの、そっけないお報せを貼っている店もある。

猛反対をして、立ち退きに応じなかった店も多いと聞く。無理やり追い出すことはできないので、できるところから取り壊しをはじめ、危険だからと道を塞ぎ、強引に計画を進めているようだ。そうなったら人も来なくなるし、立ち退かない店もいつかは店を畳まなくてはならなくなる。

なんだか、ずるい。

せっかく廃れていく町を新しくしようとしているのに、これでは人の心が廃れてしまう。

——どうして、今までどおりの商店街じゃだめなの？

ハルは父にたずねたことがあった。

どのお店も古くなりすぎて、若い人が行かなくなってしまったからだよ、と父はいった。

古い建物は危ないし、見た目もかっこう悪いから、新しいものと入れ替えなくてはならないのだそうだ。

正しいことをいっているんだろうけど、あまり、納得できない理由だった。

ハルが引っ越す理由も似ていたからだろう。

今住んでいるのは父の実家で、数年前に亡くなった祖父が若いころに建てた家なので、もうあちこちにガタがきている。閉めても勝手に開いてしまう扉があるし、廊下を歩くと蝙蝠《こうもり》みたいにキィキィと鳴くし、寝室の天井には怖い顔の形をした大きな染みがある。

確かに古くなって怖いところもあるけれど、それらがみんな壊されてなくなってしまうとなると、なんだか寂しく感じた。

祖父との思い出が染み込んだ家だから――と祖母は反対した。家がなくなったら、あの人が帰ってこられなくなるじゃない、と。

父は困っていたが、最終的に「ハルのためだ」と祖母を説得したのだ。

それもずるいとおもった。引っ越したくなんかなかった。古くても今の家で充分、居心地はよかった。ユイと離ればなれになるなんて嫌だった。なのに、「ハルのためだ」なんてそんな適当な理由を、祖母を説得するために使わないでほしかった。

それにしても静かだ。

静かすぎた。

この、となり町の夜をさまようお化けたちは、みんなおとなしかった。

さっきから何度か彼らと目が合っているけど、幸いにも走らず、隠れず、やり過ごせている。

ほとんど、襲ってこないからだ。

暗がりにじっと座り込んでいる黒い影と目が合ったが、膜が張ったような濁った目で見つめてくるだけで、まったくハルに関心を示していなかった。

電信柱の下にいた虚ろな表情の白い人影は、ハルを見ると追いかけてはきたが、少し距離を離すと元の電信柱の下へと引き返していった。

自分の町で出遭うお化けは、こうはいかない。一度、目が合おうものなら、しつこくどこまでも追いかけてくる。

この町のお化けたちはやる気がない――というよりは、なにかを怖がっていて、こそこそ、びくびくしているように見える。できるだけ、目立たないように存在感を薄めているような気がするのだ。

いちいち逃げ隠れしなくていいのは助かるが、これがいい兆しにもおもえない。

商店街の中心部に入ってからは存在感どころか、まったく怪しい姿を見かけなくなった。こうなるとむしろ、不吉な予感しかしなかった。

怪しいものがいない――本来はこれが普通の町の光景なんだろうけど、その普通が今は不気味でならない。

きっとこの町で今、いちばんうるさいのはハルの心臓の音だ。

ハルの心臓《むね》は五感のどれよりも早く、なにかを察知していた。

なにも見えないのに、なにも聞こえないのに、なにかを感じて怖がりはじめていた。

なにも起こらない、息苦しい平和が満ちる壊れた商店街を、ハルは自分の鼓動に怯えながら歩き続ける。

それは、唐突に聞こえた。


「おい」


何百もの口が同時に発したような、地響きのような声だった。

おもわず、「はい！」と後ろを振り返る。

ハルの十メートルほど後ろに、大きな黒く湿った毛糸玉が浮いている。

毛糸玉というのはハルがそれを見た第一印象で、実際は黒光りするミミズを何十万匹も集めてボールを拵《こしら》えたような、吐き気をもよおす姿だった。

それには大小、たくさんの目玉が無理やり捩《ね》じ込まれていて、絡まり合うミミズ状のものがずるずると動きだすと目玉もつられて移動した。

ハルは思い出していた。図書館で器械から聞こえてきた音声《こえ》を。

『……その声に応えれば、命が危ない。深夜の商店街、ダム付近などは危険……』

――声に応えれば、命が危ない。

声に、応えれば。

ハルの表情はどんどん青褪めていく。

「……応えちゃった」

黒い毛糸玉からずるずると、湿った黒い『手』がハルに向けて伸ばされた。

ミミズ状のものが集まって手の形になったものだった。

ぬるぬるとした指先が触れる寸前、ハルは走りだす。

黒い毛糸玉はハルを追いながら、なにかをぐちゅぐちゅと呟いた。

一人の声ではなく、何百もの愚痴や恨み言が絡み合った汚らしい大合唱だ。その声を聞いているだけで耳が腐り落ちそうだった。

また、やればできる――かな。

廃工場で、袋のお化けを振り切った時みたいに。

――無理だよ。

――そんなに何度もうまくいくわけがない。

――さっきは運がよかっただけだ。

黒い毛糸玉の発する負の合唱の影響か。ハルの心を急速に不安が蝕んでいく。

さっきまでの自信が嘘のように消えていた。後ろから追ってくる低い呟きが食い潰してしまったみたいだ。

心が錆《さ》びついていく。廃《すた》れていく。

今度ばかりはだめかもしれない――そう、諦めかけた時。

ふいに横から手が伸びて、ハルの左手を掴《つか》んだ。

「諦めないで」

いつの間にか、自分の前を女の子が走っている。

赤いリボンが目に留まって一瞬、ユイかとおもったけど、声が違う。

手を引かれながら、ハルは不思議な気持ちで前を走る女の子の背中を見つめる。

誰かもわからない子に手を引かれているのに、自然に受け入れている自分がいた。

「ハードル」

前を走る女の子がいった。

「え？」

「ハードル、体育でしたことある？」

「うん、でも運動は、そんなに得意じゃないから」

「わたしも。じゃあ、一緒にがんばろっか」

数メートル先に商店街の出口が見えた。でも、出口の手前には、この町ではよく見かける黄色と黒の通行止め《バリケード》が道を塞いでいる。

あれをハードルみたいに飛び越えるなんて――。

無理だよ、といおうとしたハルの手を、女の子はギュッと強く摑んできた。

「いくよ」

腕がぐんと強く引かれ、ハルは走りを加速させる。

赤いリボンの子の横に並ぶと、同時に地面を蹴って黄色と黒のハードルを飛び越える。

無事に飛び越えて着地したハルは「やった！」と歓喜の声をあげる。

「まだだよ」

走るのをやめるなといっている。油断するなといっていた。

そのまま二人はまっすぐ走り続ける。

黒い毛糸玉は商店街を抜けてからも追ってきた。

あの黒くて湿った指先が、すぐ背後まで近づいているのがわかる。

息が切れて、赤いリボンの子は言葉が途切れ途切れになっている。

「もう、すぐ……だから」

赤いリボンの子とハルは数段の石階段を跳ぶように駆け上がり、鳥居の下を通り抜けた。

赤いリボンの子はそこで足を止めると、くるりと今来たほうへと向く。自然とハルも同じほうを向いた。

どうしたことだろう。

黒い毛糸玉は鳥居の前で動きを止めていて、慌ただしく目をあちこちに移動させていた。

鳥居からこちらへは入れないようだった。

複数の目が一斉に同じ方向へと視線を向ける。黒い毛糸玉の輪郭がピンボケしたようにぶれた。複数の目はゼリーのようにぷるぷると震え、そこには明らかな怯えの色が垣間見えた。

黒い毛糸玉は巻き戻しの動画のように商店街の中へと引っ込んでいった。

※

何度かユイと来たことのある神社だった。

四つの石灯籠《いしどうろう》と小さな拝殿があるだけのこぢんまりした神社で、ここに落ちている紅葉《もみじ》はとてもいい朱色になるので、図工の栞《しおり》作りの宿題のためにユイと拾いに来たことがあった。

ここも、元神社と呼ぶべきだろう。

今はもう、神社としては機能をしていない。参道の石畳も灯籠も苔で緑色に変色し、拝殿はいろいろ取り外されてしまって無残な姿になっている。

「迷子になったの？」

赤いリボンの子はハルの顔を覗き込んできた。

くりっとした目の、色白な女の子だ。

ものもらいでもできているのか、左目に眼帯をしている。

質問にどう答えていいのかわからず、ハルはそわそわとしながら言葉をさがした。

「えっと、迷子っていうか……えっと」

「この町の子？」

「あ、ううん。家は隣の町」

「そうなんだ。どうしてこんな時間にお外にいるの？」

「それは」

また、口ごもってしまう。

自分でもなにが起きているのかわからないのに、人に説明するなんて無理だった。

「わかった。誰かをさがしてるんでしょ？」

「え？　うん。なんでわかるの？」

赤いリボンの子は「見たらわかるよ」といって、ハルのリボンを指でつついてきた。

「だって、キミ、さっきからすごく心細そうなんだもん」

「こころ、ぼそ、そう？」

うん、心細そう、と赤いリボンの女の子は微笑んだ。

「こんな時間に一人で出歩く子には見えないから、誰かとはぐれたのかなって。さがしてるのは、お友だち？」

ハルは頷いた。

「とても大切な友だち」

「そっか。この町でいなくなっちゃったの？」

「ううん、山の中でいなくなっちゃった」

「山って……となり町の？」

赤いリボンの子は驚いて目を真ん丸に開いた。

「ずいぶん遠くまでさがしにきたんだね」

「ううん、なんだか……よくわからないものに捕まっちゃって」

「よくわからないもの？」

「うん。さっき商店街で追いかけられたみたいな、ああいう、よくわからないものに捕まっちゃって、気がついたら大きな工場にいて——」

赤いリボンの子はハルの頬に自分の頬を寄せて、小声でたずねた。

「それ、袋を持ってなかった？こーんな大きいのを三つ」と、身振り手振りで袋の大きさを表す。

「あれを知ってるの？」

「うん、よまわりさんだよ」

「……よまわり……さん？」

はじめて耳にする名前だった。

赤いリボンの子の視線は鳥居の向こうの闇に注がれている。

「夜中に一人で外を歩く子供を見つけると、さらっていくの。あの工場に」

「あれは、なに？」

わからない、と赤いリボンの子は首を横に振る。

「そういうことは、あんまり深く考えないほうがいいよ」

「どうして？」

「あれは、ああいうものだから」

「……ああいうもの」

「そう。あれは、ああいうもの」

その答えにハルは不思議と腑に落ちた。わからないものは、わからないものだと認めてしまえばいいのだ。いくら考えたところで答えなんて知ることはできないのだから。

これからは、わからないものに対してはこう考えればいい。

あれは、ああいうものなんだと。

「会ったのは、よまわりさんだけ？」

「ううん。他にも影みたいなものとか、白い細長いヒトとか、煙みたいなものとか、町には変なものがたくさんいて……友だちをさがす邪魔をするの」

「ふーん、となり町《そっち》もこっちとあんまり変わらないんだ」

「……あなたは、いろいろ知ってる感じだね」

知らないよ、と返ってきた。

「でも、わたしよりは詳しそう」

「そんなことない。知れば知るほど、知らないが増えてくだけ」

まるで、なぞなぞだ。

べつにイジワルをしているわけではないのだろう。

この子のいう、わからない、知らないというのも嘘ではないのだ。

ハルは宇宙のことを考えると、これに似た思考に到達するので、よくわかる。宇宙はどれくらい大きいんだろう。宇宙の果てはどこだろう。宇宙の果ての向こう側はなにがあるのだろう。考えれば考えるほど迷宮の奥へと入っていってしまい、その結果、「わからない」ということだけがわかるのだ。

ハルの目の前に、人差し指がピンと立つ。

「でも、ひとつだけなら、知ってることを教えてあげられるよ」

「なあに？」

「夜に出会うものは、みんながみんな、あなたの邪魔をするわけじゃないってこと」

赤いリボンの子はぼろぼろの拝殿へと目を移す。願い事をする時に鳴らす大きな鈴は、ちぎれた縄ごと賽銭箱《さいせんばこ》の上に落ちている。

「ここの神社にはね、大きなムカデさんのお化けがいたの」

「ムカデさんの、お化け」

ハルは息を呑んだ。ムカデもお化けもどっちも嫌いなのに、その二つがくっついたものなんて、どれだけ嫌なんだろう。想像したら腕に鳥肌が立った。

「……見たの？」

「うん。一度だけ」

「怖かった？」

「うん」

大きく赤いリボンが揺れた。

「すっごく、見た目は怖かった。脚がいっぱいあって、商店街を包み込むくらい、長くて、大きくて」

ハルは背中がぞわぞわして後ろを振り返る。

ムカデは山で一度だけ、ボールペンくらいの長さと太さをしたものを見たことがある。赤黒く、びかびかして毒々しい姿は、けっして触れてはならない危なさを帯びていて、その一度でハルは苦手になった。

その特大サイズがいると聞けば、落ち着けるはずがない。

「でも、悪いムカデさんじゃなかったよ」

「なにか、助けてくれたの？」

「んー、どうなのかな？」と顎《あご》に人差し指をつけて首を捻《ひね》る。「助けるとか、そういう気持ちがムカデさんの中にあるかは、わからないからね」

「なら、どうして悪くないって思ったの？」

「わたしがそう感じたから」

そういい切る右の瞳は、夜の暗さの中でもしっかりとハルの瞳の芯を捉えていた。

「わたしがそう感じたなら、わたしにとっては悪いムカデさんじゃなかった、それでいいと思うんだ」

「ふーん」と、ハルは口を尖らせた。

さっきからどうも、答えをはぐらかされているみたいで、ちょっとムズムズした。

赤いリボンの子は手を後ろで組んで、拝殿の前を行ったり来たりしはじめる。

「知ってるかな。この神社で祀《まつ》られていた神様」

「……ううん、気にしたことなかったけど」

「ムカデさんなんだよ」

えっ、とハルは驚きの声をあげた。

「そんなの嘘だよ。ムカデが神様だなんて、そんなの聞いたことないし――」

気持ち悪くて嫌だよ。

「お姉ちゃんから聞いたの。ここは商売繁盛とか、町の繁栄を願うためにあった神社なんだって。わたしが見たムカデさんのお化けは、この商店街をずっと守っている神様みたいなものかもしれないねって」

ハルは赤色が剝げて斑模様《まだらもよう》になっている鳥居に目を向けた。

あんなにしつこく追いかけてきた黒い毛糸玉は、この鳥居から先には入ってこなかった。まるで、なにかを見て怯えるように去っていった。

この町のお化けたちもなにかにビクビクしているみたいで、商店街にはほとんどいなかった。

それはもしかして、神社にいるムカデの神様を恐れていたからなのだろうか。

「いるの？　今もここ《こ こ》に？」

「もう、前みたいには見えないけどね」

寂しそうにいうと、赤いリボンの子は目を伏せる。

「商店街と一緒に神社も取り壊されてしまったから、力が弱くなってしまったのかもしれない。でも、今でもここがわたしにとっての、「安全地帯」

そのムカデが本当にここの神様なら、自分の住む場所をこんなふうにした人間のことを憎くおもわないのだろうか。

ハルは慌てて拝殿に向けて手を合わせた。

気持ち悪いとかいってごめんなさい。助けてくれてありがとうございます。

心の中で謝罪と感謝を繰り返し伝えた。

赤いリボンの子は、そんなハルをニコニコしながら見ていた。

そして、なにかに気づいたように虚空に目をやると、ほんの少しだけ緊張をにじませた声でハルにいった。

「さ、そろそろ行ったほうがいいよ。夜がどんどん深くなるから」

「助けてくれて、ありがとう」

「お友だちは見つかるよ」

ハルの瞳の芯を、まっすぐに見つめてくる。

「夜は真っ暗だから、すぐに見えなくなるし、手が届かなくなるけど、消えちゃうわけじゃないから。諦めないでずっと手を伸ばし続けていれば、ぜったいに見つかるから」

赤いリボンの子も自分のように夜の町を廻って、誰かを捜したことがあるのではないか。

彼女の言葉を聞いて、ハルはそう感じた。

「がんばるよ。ぜったいに見つける」

赤いリボンの子に向かって大きく頷くと、彼女もまた頷き返す。

「あ、そうだ」

赤いリボンの子はウサギのポシェットを開け、取りだしたものをハルにさしだす。

「あげる」

小さな赤い花だった。五枚の薄い花弁が風に撫でられ、ひらひらと手招きするように揺れた。

「わたしね、赤って大好きなんだ。見ていると温かくて、勇気をもらえるような気がして」

「わたしの友だちも、同じこといってた」

もちろん、ユイのことだ。

「ほんとは、大好きな子にあげるつもりで摘んできたんだけど、あなたにあげる」

「そんな大切なもの、もらえないよ」

「いいの、また摘むから。それに、今夜はきっと、あなたのほうが必要になるから」

鳥居の下で手を振る赤いリボンの子に見送られながら、ハルは神社を後にした。

普通に会話をしていたけれど、お互いに自己紹介もしていなかったことに気づく。

初めて会う人と、あんなに話したのは初めてだ。

おもえば、彼女自身が謎めいていた。

彼女こそ、どうしてこんな夜中に一人で町を歩いていたのか。

話している時は、そんな疑問は抱かなかった。こんな夜にあんな出会い方をしても、不自然とはおもわない不思議な雰囲気が彼女にはあった。

振り返ると赤いリボンの子はいなくなっていた。元々そこには誰もいなかったかのように、古い鳥居の下は闇に塗りつぶされている。

彼女はこの世のものだったのだろうか。

もらった花に視線を落とす。

夜に取り込まれない鮮やかな赤色がユイのリボンと笑顔をおもわせ、ハルも勇気をもらえそうだった。

力だった。

※

ユイの手紙のことで頭がいっぱいだった。今はそのことだけが歩みを進める原動力だった。

どんなことが書かれていたのだろうかと想像が膨らんでいく。

読めばユイの居場所がわかるのか。今、どういう状況なのかを知れるのか。期待もあるけれど、同じくらい不安もあった。

――本当に、あれはユイからの手紙だったのか。

湿った泥のにおいが鼻を舐めあげると、自分の町に戻ってきたのだとわかる。町を区切る水路のにおいだ。

夜の暗さで色彩が薄らいだ町並みは、どこを見ても同じに見える。だから、ハルは先ほどから自分がちゃんと前に進めているのかさえも不安でならなかった。同じところを足踏みしているような、そんな感覚になっていたのだ。

でも、こうして視覚以外のわかりやすい変化があれば、自分の町に戻ってきたのだと確信できる。

ここ数カ月、雨の降る日が減ってしまったため、ダムに貯めていた水がかなり減っているらしい。そのせいで水の流れが滞ってしまい、日中は陽に温められた水路から卵の腐ったようなにおいがすることがある。町の血管ともいえる水路をこんなにおいの水が這いずっているなんて、いい影響があるわけがない。このままではこの町も、となり町のように病気になってしまわないかとハルは心配だった。

お化けたちは、この水路が好きらしい。

底無しの溝にしか見えない水路の上を、鉛筆で描いたリアルな人の顔のようなものがいくつも浮いている。なにかをブツブツいっているが、声は聞き取れない。どうせロクなことをいっていないだろう。

そこから少し離れたところに、白い腹を上に向けてぷかりぷかりと宙を浮いている大きな魚がいて、飼育当番の時に死なせてしまったグッピーのことを思い出し、しょんぼりとした気持ちにさせられた。その向こうにある橋の上には女の人の影がある。水路に飛び込んだかとおもうと橋の上に現れ、また水路に飛び込むという行為を飽きずに繰り返している。

不吉な光景の連なる水路を辿って、ハルはようやくゴミの森に着いた。しばらくさまよい、よまわりさんに襲われた森の開けた場所までなんとか戻ることができた。

周囲の気配をうかがうと森の奥のほうでうろうろしている影がある。気づかれてもすぐに身を隠せばやりすごせる距離だ。ハルは子犬を呼ぼうと、大きく息を吸い込んだ。

次の瞬間。そばの草むらががさがさと鳴り、ハルは慌てて両手で口をふさぐ。

そのまま、そうっと後ずさろうとすると、草むらから勢いよく小さな塊が跳びだした。

ユイの子犬だった。

「わんちゃんっ」

飛び込んできた子犬を抱き止める。その口にはユイの手紙をしっかりと咥えていた。

ハルがよまわりさんにさらわれてからずっと、お化けたちに追われ、必死に走りまわって逃げ隠れしながら、この森で手紙を守ってくれていたのだ。茶色の和毛《にこげ》は薄汚れ、虫食いの落ち葉や細い枝が毛に絡まり、前脚の肉球には血が滲んでいた。

「ありがとう、こんなになるまで待たせてごめんね。大好き、わんちゃん」

この時ばかりは子犬のほうもハルを避けることなく、撫《ほ》めでろと頭をぐりぐり押しつけてきた。

片時も離さなかったのだろう。手紙は涎《よだれ》が染み込んでくたくただったが、問題なく読むことができた。

『ハルへ
わたしをずっと、さがしてくれてるんだね。
こわいおもいをさせちゃってるね。けがはしてないかな。
ハル、なかないでね。
わたしはもう、しんじゃったみたいなの。
これを書いている今のわたしは、たぶん、ゆうれい。
よるって、こんなにくらいんだね。
こんなにさびしくて、つめたいんだね。
わたしはいつしんだのかな。あの山へいったときかな。
なにがあったのかをおもいだすために、山へいってみます。
ハル、わたしをみつけようとしてくれて、ありがとう。
でも、もういいよ。
ごめんね。
ユイ』

読まれたことで役目を終えたかのように、手紙はハルの手の中で花弁のように散って、夜の帳《とばり》に消えた。

手紙の幽霊だったようだ。

心臓を撃《う》ち抜かれたような顔で、ハルは呆然《ぼうぜん》と立ち尽くす。手は手紙を持つ形のまま固まっていた。

うそ。うそだよ。

そんなわけないよ。うん……そうだよ。そんなわけない。

だって、ユイが。あのユイが、死んじゃったなんて。

そんなの……信じないよ。信じるわけないよ。

どうしてこんなうそを書くの？　ひどいよ。こんなの読みたくないよ。

やだよ。やだやだ。受け入れたくない。

いつ？　どうして？　わからないよ。なんにもわからないよ。

信じられない。信じない。信じるもんか。

「ユイは元気にしてるよね？」

ハルに問いかけられ、子犬は困惑の目を向ける。

「ユイが死んじゃったなんて……うそだよね？　ね？」

困り果てた子犬はハルの顔を見たまま行ったり来たりすると「アン！」と鳴いた。

「そうじゃなくて……うそだっていって。うそだっていってよ、わんちゃん」

子犬にはハルの言葉も、手紙に書かれていることもわからない。それでも、ユイになにかよくないことがあったのだと察したのだろうか。いわれている言葉を少しでも理解しようと、鼻先を上に向けてハルの目をまっすぐ見つめていた。

こぼしたものを慌てて掻き集めるように子犬を抱きしめると、ハルは泣いた。目のどこかが破れてしまったみたいに、怖いくらいに涙が止まらない。苦しそうなハルの顔を子犬は一生懸命に舐めて涙で溺《おぼ》れないようにするが、追いつかない。

「会いたいよ……会いたいよ、ユイ。幽霊でもいいから……ユイに会いたいよぉ」

涙か鼻水かもわからないくらい顔が水浸しになった。涙が涸れて干からびるくらいに泣いて、泣き切って、それでもまだ泣き続けた。


どれくらいの時間、目から絞りだしたかわからない。

ハルは泣きはらした目を重たげに顔を上げる。

「いこう」

会いに行こう。ユイに。

たとえ、幽霊だったとしてもかまわない。ユイに会いたい。

山へ行く、手紙にはそう書かれていた。山に答えがあるんだろうか。

答えを知ったユイは、その後、どこへ行くんだろう。

今度こそ、ユイの手を摑めなかったら、もう二度と摑めない気がした。
ハルは子犬の小さな顔を両手で包んで、その潤んだ瞳に映る自分にいい放つ。
「ユイをこのまま、ひとりで行かせたりなんてしない」
不安な時。迷っている時。いつも導いてくれた手。
その手を今度は自分が摑んで、ユイを連れ帰るんだ。
ハルたちは山へ向かった。

深夜廻《しんよまわり》

七章──夜更け

ユイ

この町は、どこを歩いてもハルとの思い出がある。

どれも、忘れられない、忘れたくない宝物だ。

山へ行ってすべてを知ってしまったら、その場ですべてが終わってしまう気がする。

終わってしまったら当然、もう戻ることはできない。

だからユイは後悔をしないよう、思い出の場所へと寄っていった。

——松ぼっくりの木。

ハルの家の近くにある、大きな松ぼっくりを落とす木だ。ハルと初めて話したのがこの場所だった。

ハルは木の下にしゃがみこんで、地面にいる蟬《せみ》を心配そうに見つめていた。たまたまそこを通りかかって「どうしたの？」と話しかけると、元気がなくて飛べないみたいだから、安全な場所に移してあげたいのだけれど、怖くて触れないのだといった。ユイがひょいと蟬を摘まんで松ぼっくりの木にしがみつかせてあげると、ハルは「ありがとう」と満面の笑みを見せた。それから二人で遊ぶようになった。

――落書きのある塀。

水路沿いにある古い家の塀に変な顔が描かれている。つるつる頭の、笑ってるのか、怒ってるのか、困ってるのか、なんともいえない表情をしていて、ハルと二人で「つるぴかマン」「コアラおじさん」など思い付いた名前をいい合っては、お腹を抱えて笑った。同じ落書きは町中に十カ所あるという噂を聞いて、二人で探しまわったけど六カ所しか見つけられなかった。

――空き地。

黒い屋根の家と茶色い屋根の家のあいだを入った奥にある、草がちょろりと生えているだけのなんにもない空き地。ここはチャコとクロと初めて出会った場所だ。

空が溶け落ちるような夕暮れ時。一緒に遊んでいたハルを家まで見送って、まだ家に帰りたくなくてこの空き地にぷらぷらとやってきたユイは、草むらからひょこひょこ見えている短い二本の尻尾を見つけた。飼い主に捨てられたのか、逃げてきたのか、手の平に載るくらい小さな二匹が、寄り添いながら草むらの中に隠れていた。

ユイの家はペットを飼わせてもらえるような家ではなかったから、その日からこの空き地でチャコとクロをこっそり飼った。それからこの空き地はユイの心のオアシスになった。

――近所のスーパー。

今日はキャベツの特売だったようだ。閉まったシャッターの前には、入口前のワゴンで売られていたのであろうキャベツの葉っぱが落ちている。ユイはここではよく、自分のご飯とチャコやクロの餌《ごはん》を買った。ユイの晩ご飯はいつもおにぎり一個だけ、ツナマヨが好きだった。レジのおばさんがいつも、「ちゃんと食べてるの？」と心配して声をかけてくれて、時々、ユイの手の平におつりと一緒に飴玉《あめだま》をのせてくれた。

ハルと歩いた通学路。学校の正門のそばの桜の木。カエルやタニシのたくさんいる田んぼ。よく二人で遊んだ公園。たまに遊んだ公園。

どこも、ユイにとっては特別な場所だった。夜の暗い中でも、その場所に来ると思わず顔がほころんだ。

最後にユイは、あの場所へ寄ることにした。

そこには、あの人がいるけれど――。

母親だ。

親がいるのなら、その場所は『家』と呼ぶべきなのだろう。

家——それは多くの人にとって心が安らげる、帰りたい場所のことらしい。

ならばユイはあの場所を『家』とは呼びたくないし、『帰りたい』ともおもわない。

毎日、帰りたくなかった。ずっと、ハルとチャコとクロと一緒に、あの空き地で遊んでいたかった。それでも、日が暮れたら家へ帰らねばならない。たまに空が暗くなってきてもこのまま空き地にい続けようとおもったこともあるけれど、あまり遅い時間にチャコとクロの鳴き声がうるさければ、近所の人に見つかってなにをいわれるかわからない。ほとんどの大人は、夜になったら子供は家へ帰るものだというルールを押しつけてくる。

だから、夜がくることが嫌だった。夜が嫌いだった。ハルが帰ってしまい、チャコとクロとも別れなければならない夜を、ユイは恨んだ。『家』へ帰らなければならない夜を、ユイは憎んだ。

それでも、これが最後かもしれないとおもうと帰ってみようという気になった。

『家』はどの窓も暗い。誰もいないのだ。

母はこんな早い時間には帰ってはこない。あの人はとても忙しい人だった。

玄関の植木鉢の下に隠してある鍵を取ろうとしたユイは、自分が幽霊だったことを思い出し、そのままドアをすり抜ける。

脱ぎ散らかされた服。あちこちに転がる空のペットボトル。ゴミ出しの日に出されなかったまま居座っている、コンビニ弁当の空箱の詰まったビニール袋。台所に並ぶお酒の空き瓶。

たまにユイが片付けても、三日もたたずに同じ状態に戻った。ハルはよく家に呼んでくれるのに、これではとてもハルを家へなんて招けない。

母はそうではないみたいだ。煙草なんて吸わないのに、臭いが家の中のあちこちに染みついている。ユイがいないあいだ、眠っているあいだに誰かが来ているのだろう。今となっては、どうでもいいことだった。

テーブルに置かれている千円札が目に入った。

この千円札が本当に嫌いだった。

以前は、ここに『ごはんはこれでたべて』と書かれた紙が一緒に置かれていた。最近ではそれもなくなった。風に飛ばされないように、重しがわりに醤油注《しょうゆさ》しをのせることもなくなった。きっと財布から取りだし、ただそこにポイと置いただけの感情のない千円札なのだ。

お金はこの世で何番目かに人から好かれる物なんだろうけど、ユイは好きじゃない。とくに、このテーブルの上で毎日見る千円札は大嫌いだった。

とはいえ、大切なお金でもある。チャコとクロに餌を買ってあげられるからだ。

二階の自分の部屋へ入る。

窓が開いたままで、部屋の中は夜のにおいと温《ぬる》い空気に満ちていた。

少女漫画雑誌、ぬいぐるみ、アニメに出てくる魔法のステッキの玩具。母がユイに買い与えたものが部屋の隅の箱にまとめて突っ込まれている。この中の一つも、ユイが欲しいとねだった物はない。気まぐれに母が買ってきて、喜ぶ顔を強要されるのだ。

ユイはよく、この部屋の畳で仰向けになって瞼《まぶた》を閉じていた。眠っていたわけではない。ただ、目を閉じ、時間が過ぎるのを待っていた。『家《ここ》』にいなければいけない時間が早く終わりますように。早く明日が来ますように。そう願いながら。

自分は『家《ここ》』にいなくてもいいんじゃないか、そう考えたこともあった。

そうではないと知ったのは、つい先日。

いつものようにハルを家まで送って、チャコとクロをたくさん撫でてから帰ろうと空き地に寄った。チャコとクロに寄り添われながら、冷たい草の上に寝転んで二匹の背中を撫でていたら、ほんわかとしてきて、そのままうたた寝してしまった。

気がついたら空は真っ暗で、風も涼しくなっている。『家』に帰ると玄関に母の黒いハイヒールがひっくり返っていた。

たまたま早く帰っていたらしい母は、玄関までドタドタと走ってやってくると、ユイをおもいきり平手打ちした。

「なんでおうちにいないの！」

鬼のような顔で叫んだ。

母はめったにユイを怒らなかったが、いったん怒ると手が出て、足も出て、ユイはとても痛いおもいをした。痛いおもいをした後、母は慌てた様子でユイを抱きしめ、「ごめんね、ごめんね」と謝った。

いつもはいなくてもいいって顔をしているのに、あの人は自分のことを要るのか、要らないのか、よくわからなかった。

そんなことをおもいだしていると、玄関から扉の閉まる音がした。

えっ、とユイは顔を上げる。

「ユイ？　帰ってる？」

母の声だった。

足音が階段を上がってきて、母がふらふらとユイの部屋に入ってきた。

久しぶりに母の姿を見た気がする。

よれよれのブラウスに皺だらけのスカート。

髪はぼさぼさに乱れ、疲れきった表情をしている。ずいぶんとやつれていた。

「まだ……帰ってないのね……」

母の焦点は目の前にいるユイに合っていない。

見えていないのだ。

母の手からチラシのような紙が落ち、床をすべるようにしてユイの足元に辿り着く。

『小学生の女の子が行方不明になっています――』

それはユイの情報を求める貼り紙だった。

どこかで剝がしたのだろう、四角《よすみ》が破れている。

まさか、こんな形で自分の顔を見ることになるなんて思わなかった。

『行方不明』――今、わたしはそういうことになっているのか。

「うそよ」

母は崩れるように座り込むと、虚ろな目を天井に向ける。

「うそよ、ユイが……ユイがいなくなるなんて……そんなはずない、うそよ」

うわ言のように、うそよ、うそよ、と繰り返す。

そのすぐそばでユイは、哀れむような目を母に向けていた。

――そう。この人は、こうなんだ。いつもはわたしよりも他の人。わたしがいてもいなくても、おんなじ。なのに一人になると、急にわたしを求めだす。テレビでは『物を捨てられない人』が多いといっていたけど、この人もそう。ほんとはいらないのに、捨てられないんだ、わたしを――。

「ユイ……ユイ……いかないで……お願いだから……お母さんを一人にしないで」

虚ろだった母の目が波打つように潤んで、落ち窪んだ頬に涙の筋が流れ込む。

小刻みに震える両手を組むと、祈るようにその手に額を押しつける。

「だめなの、お母さん、ユイがいてくれないと、本当にだめなの……だめなのに……ユイのことが大事なのに……愛してるのに、お母さん、本当にだめな母親で……」

うつむくユイの顔から一粒の涙が落ちる。その滴は床につく前に消えてしまう。

「ごめんね、ユイ、ごめんね……こんなお母さんを――」

許して。

ユイは許したかった。

ずっと、許してあげたかった。

憎めるはずがない。恨めるはずがない。でも――。

許したかったけど、許し方を知らなかった。

おかあ……さん……。

届かないとわかっていても、ユイは声を振り絞る。

「ねぇ、ユイ……どこにいるの？　痛い思いはしてない？」

　ここにいるよ、おかあさん。

　ユイの目からたくさんの滴が落ち、弾ける前に消えていく。

　ユイの涙はもう、なにも濡らすことはできなかった。

「つらい思いはしてない？　お腹は空いてない？」

　ねぇ……おかあさん……聞いてよ。

「ユイ……ユイ……帰ってきて……お願いだから……」

　——おかあさんっ！

　ユイは母の背中にすがりつく。

　まだここにいたいよ。やだよ、さびしいのはやだよ。

　一人ぼっちはやだよ。こわいよ。一人はこわいよ。

　おかあさん、わたしを——

　たすけて。

　ユイは叫んだ。

　つらくても、痛くても、寂しくても、ずっと抑えてきた言葉が、ユイの中から止《と》め処《ど》なく溢れてきた。

　空っぽになるまで泣きつくし、叫びつくしたユイは、身軽な心になって。

向かうべきところへと向かった。

ハル

ユイの犬とともに勇んで向かった山は、夜のものたちの楽園になっていた。

町はまだ、お化けたちもまばらで、物陰に身を隠しながら移動することができたが、山はどこを向いてもなにかがいるので、隙を狙ったり、死角に入ったりするのは簡単ではない。

運よく草むらに隠れることができても、次の隠れ場所までは命懸けの移動になる。

今も草むらの中で身を潜めたまま、どうしようかと考えていた。

草の隙間から外を覗くと、最初に山で追いかけられた煙のような顔がいくつも浮かんでいるし、虚ろな表情の白いものが何体も行き来している。

町では見かけなかったようなものもいる。チューリップの蕾《つぼみ》のようにも、おばあちゃんの持っているがまぐちのようにも見えるその大きなお化けは、ハルの通りたい道をとおせんぼしていた。

「どうしよう……これじゃ、先へなんて進めないよ」

ハルは泣きそうな声を漏らす。

あんなものに道を塞《ふさ》がれてはどうにもならない。

たとえ、うまく横をすり抜けられたとしても、今ここにいるものがみんな一斉に追いかけてくるだろうし、入口でこれなのだから、山の奥なんてとんでもないことになっているだろう。

子犬が鼻をスンスンと鳴らし始める。

「どうしたの？」

なにかのにおいを捉えたのか、鼻先をいろいろな方向へ向けてスンスンとしている。

邪魔しないように黙って様子を見ていると、子犬は急に草むらを飛び出してしまった。

「あっ、まって」

子犬の後を追いかけるハルは、山道からはずれた茂みの中を、身を屈めながら移動していた。そんなハルを置いていくことはせず、子犬はたびたび振り返ってついてきているかを確認し、地面のにおいを嗅ぎながらどこかへと向かっていた。

しばらくそんな移動を続けていると、少し開けた場所へと出た。

街路灯がジィィと鳴りながら、あたりを橙色に染めている。

子犬は鉄格子のあるなにかの入口のようなものに向かって唸っていた。

教科書で見た防空壕と呼ばれるものとよく似ていた。四角いコンクリートの入口が山の斜面から突き出ていて、『立入禁止』と赤字で書かれた木の板が下がっている。

鉄格子の一部が曲がっていて、ハルくらいの身体なら入れそうだった。

「もしかして、ここを通っていくの？」

子犬は鉄格子に向かって吠えた。

「そっか……」

入るには、かなりの勇気がいる。鉄格子の向こうは懐中電灯の光が届かない闇。その奥からは町の水路の数倍の悪臭がする。子犬はこのにおいを辿ってきたのだろう。しかも、赤色で入るなと警告されているのだ。どんな危険が待ち構えているかもしれない。数時間前のハルなら尻込みしていたに違いなかった。

ウォンッ
自分を奮い立たせるように太い声で吠えた子犬は、鉄格子の隙間に飛び込んだ。

白いお尻があっという間に闇に呑まれて見えなくなった。

──ユイ、まってて。今、いくよ。

曲がった鉄格子に手をかけて身を屈めると、奥の闇から遠吠えのような声が聞こえてきた。犬の声ではない。聞いたことのない生き物の声だった。

この先も、安全な道のりとはいえそうになかった。

※

長くて暗いトンネルを抜けると、ミミズのようなぬるぬるとした配管が伝う、水垢まみれの汚れた壁が現れた。

あちこちに巨大なトンネルが口を開いていて、水とともに緑がかった黒いヘドロを涎のように垂らし、灰色の水が溜まる溝の中に注ぎ込んでいる。

地下水路だった。なんのための施設なのか、ハルにはわからない。

ダムが乾いているから水が汚くなるのか、この水路自体が汚染されているのか。

ここを通った水が町の水路に流れ込んでいるのかもしれないと思うとゾッとする。

「わんちゃん？　どこ？」

懐中電灯をぐるりと一周させる。

先へ行ってしまったのか。近くにいる気配がない。

他の気配はある。大きなトンネルの入口で、ヘドロが人の形を成そうと蠢《うごめ》いている。水路の水の中では海草のような黒光りする手が、近づく者を引きずり込んでやろうと待ち構えていた。

夜はこんな場所にまで侵食していたのだ。それとも昼も夜も関係なく、ここはこういうものがいる場所なのだろうか。

先ほどのヘドロが歩きまわった跡か、ぬるぬるとした足跡が足場にたくさんついている。踏まないように足元を照らしながら進んでいると、黄色いヘルメットと縁なしの眼鏡が落ちていた。持ち主がどうなったのか、あまり考えたくない。ヘルメットには電力会社の名前のシールが貼られていた。

視界の端に動くものを捉えた。

ハルは反射的に懐中電灯を向ける。

光が照らしだしたのは子犬でも、お化けでもなかった。

この地下水路という場所によく似合う、黒々とした毛を持つ生き物。

ネズミだ。

しかも、大人の猫くらいはあるお化けネズミだった。

光を当てた瞬間にお化けネズミは慌てた様子で逃げだすが、少し離れたところで動きを止めてハルのほうを見ている。

あんな大きなネズミに齧《かじ》られたらたまらない。追い払おうと懐中電灯を向けるとお化けネズミは素早く逃げ出すが、光の当たるところから少しだけ離れた薄暗がりで視線を向けてくる。

その動きがどうも気になって、ハルは光を直接当てないようにしながら近づいていく。お化けネズミは逃げていくが、ちらちらと振り返りながら一定の距離を保とうとしている。

どこかへ導こうとしているように見えた。

たまに町の側溝から這い出てくるドブネズミを見て大騒ぎしてしまうが、こうして見てみると動きや顔に愛嬌がある。この子の場合、ちょっと普通よりも大きいのと棲《す》み処《か》が不衛生な地下という点が気になるけど、妙に緊張感をほぐしてくれるその姿にハルは導かれるままについていった。

しばらくするとジグザグに上へと続いている鉄の階段が現れた。

冷たい外のにおいがする。ここから山の向こう側へ出られるのかもしれない。

お化けネズミはぴょんぴょんと跳びながら階段を上がっていった。ハルは階段に足をかけ、地下水路を振り返る。

――わんちゃん、大丈夫かな。

階段を上がりきると半開きの鉄の扉があった。扉の先は外だった。

薄い雲の膜が張った空は、こもった月明かりで膿《う》んでいるような色に疼《うず》いている。

まっすぐに続く灰色の道路がある。地下水路の出口はダムの堤体《ていたい》の上に繋がっていた。ほとんど使われていないのか、舗装したてのようにきれいな道路だった。

ハルはまず、深呼吸をして肺の中の空気を入れ替えた。

お化けネズミの姿はない。

鉄柵からダムを見下ろすと、半壊した建物や傾いた電信柱が赤茶色の土砂に埋もれている光景が広がっている。ダム建設のために沈んだ村だろう。長いあいだ雨が降らず、貯めていた水が乾いたために姿を現したようだ。

「今度はどこに行っちゃったのかな、わんちゃん……」

気持ちが逸《はや》って、先に行ってしまったのか。

懐中電灯の光を道路の先へと向ける。

道端になにかがある。子犬のシルエットではない。もっと大きい。懐中電灯を向けながら近寄っていく。

ハッと息を呑み、ハルは足を止めた。

人だった。黒い作業服を着た大人の人たちが折り重なって倒れている。
六、七人はいるが、みんな作業服から出ている手や顔は白骨化していた。
そばには髪の毛の塊、腕時計、指輪など、彼らからこぼれたものが落ちている。

地面の上で開いているパスケースには、幸せそうな笑顔の人たちが身を寄せあっている写真が入っていた。

一人の作業服の胸ポケットに目を留める。地下水路に落ちていたヘルメットにあった、電気会社の名前が縫い付けられている。

初めて人の死体を見た。

初めて、人の終着点を目の当たりにした。

人は終わるとこんなふうになってしまうのか。

呆然と死を見つめていたハルは「あっ」と声をあげ、慌てて手を合わせた。

――戻ったら、警察の人に伝えます。でも今はごめんなさい、捜している人がいるんです。急がないといけないんです。

合わせた手をゆっくり下ろし、頭を下げて、先へ進もうと歩みだすと、

「ワタシはするどいキバがあるか」

唐突に聞かれた。

警戒の目を周囲に走らせ、「だれ?」と声に問いかける。

数秒の沈黙があって、再び聞こえてくる。

「ワタシはツバサがついているか」

ヒトの言葉を知らないものが切り貼りして適当に繋ぎ合わせたように、ちぐはぐな語調《イントネーション》の言葉だった。子供のようにも、おばあさんのようにも聞こえる甲高い声は、遠いのか近いのか、距離感もまったくつかめず、いつ耳元でいわれてもおかしくない緊張感を孕んでいた。

「おじさんたち？」

ハルは白骨死体に向かって訊ねる。作業服の襟《えり》が風で蝶の翅のようにゆっくり動いている。わたしたちじゃないよ、と手を振っているみたいだ。じゃあ、誰？

「ワタシはおおきなカギヅメをもっているか」

「ワタシはなにものか、しっているか」

考える時間を与えず、質問は続く。

なぞなぞが得意ではないハルは困り果ててしまった。

ワタシが誰でどんな姿かなんて――。

「そんなのわかんないよ」

おもわず口にした、その言葉の直後、ハルの目の前に灰色の柱が降ってきた。

それは大量の水だった。

空から注がれた水が道路に弾け、白い飛沫《しぶき》が花弁のように広がって路面を黒く染めていく。ハルの靴を避けて水はどんどん道路に広がっていく。

「ワタシはなにものか、しっているか」

質問を繰り返したのは、空に浮かぶ大きな頭蓋骨《ずがいこつ》だった。

濡れた長い黒髪を被り、笑うように開いた口からは止め処なく水を滴らせている。

ハルは圧倒されていた。

目の前に転がっている人たちの顔と同じものがハルを見下ろしている。

それは、死そのものの姿だ。

リアルな死。絶望と恐怖を同時に植え付ける、もっとも簡単な表現。

夜よりも暗い目《あな》と、笑っているように歯を剝きだしにした、感情をむしり取られた白い顔。血も肉もないなら、きっと石のように硬くて冷たい顔だろう。

空に浮かぶ頭蓋骨はその姿を見せることで、絶望的な現実をハルに伝えていた。

死ねばみんな、この顔になる。死ぬとは、こうなることだ。

おまえも死ねばこうなる。おまえの家族も。友だちも。こんな顔になるんだ。

「やだ！」

ハルは叫んでいた。

やだよ。ユイもこんな顔になるの？

そんなの、ゆるさない。あんなに大好きなユイの笑顔がこんな怖くて、硬くて、哀しい仮面のようになってしまうなんて——それが死だというのなら、わたしは死をみとめない。

ハルは頭上の死を睨みつける。

涙が出てくる。自分にはこんなものと戦える力はない。きっと、ここで死んでいる大人たちは、このお化けにやられてしまったのだ。大人たちでも勝てなかった相手に小学生の自分が勝てるはずもない。でも、降参だけはしたくなかった。

暗い穴が空いているだけの頭蓋骨の目に、赤い光が灯った。

赤い視線と目を合わせると、ハルの頭の中にたくさんの感情が濁流になって流れ込んでくる。

クルシイ　コワイ　ドウシテ

ドウシテ　ドウシテ　ニクイ　コワイ　ニクイ

虚空《そら》から大きな骨の手が現れ、節くれだった五本の指を空いっぱいに広げた。

尖った指先がハルに触れようと伸びてきた、その時。

水を踏み弾く音が迫ってきて、ハルの前に子犬が飛び込んでくると、すぐさま死の手に向かってけたたましく吠えた。

その声に怯むように頭蓋骨と手が大きく揺れた。

ハルの命を摘み取ろうとしていた指先はポロリと取れ、その尖った骨片はハルの目の前を落下する。地面に着く瞬間、骨片は一匹の小さなネズミになり、苦しそうに空中で溺れるようにもがくと、ぽとりと落ちた。濡れたネズミの死体になっていた。

子犬が吠え続けると、頭蓋骨や手から骨の破片がぽろぽろとこぼれ落ちていく。白い破片は地面に着く寸前にネズミとなって空中で溺れ、その後、死体となって落ちた。

崩れて三分の二ほどになった頭蓋骨は、列車の汽笛のような絶叫をあげると水しぶきとともに弾け飛んだ。道路の上に数百匹の濡れ細ったネズミの死骸が降り注ぎ、ハルは子犬を抱きかかえて転がるようにして逃れた。

数百の死骸は道路に染み込むように消えていき、そこには大きなネズミが一体だけ横たわっていた。

「きみは……」

ハルを導いたお化けネズミだった。

ぷっくりした横腹が上下に動いている。目も口も半開きで虫の息だ。

あの時、頭の中に流れ込んできた困惑と恐怖と憎しみの感情。

あれは、ネズミたちの声だったのかもしれない。
押し寄せる感情の濁流の中で見た気がするのだ。必死に生きようと走る彼らの姿を。

ダムができて村が沈んだ時、一緒に沈んだ子たちなのかもしれない。静かに暮らしていただけなのに、どうして自分たちがこんなに怖くて苦しい目に遭わなければならないのか。人を憎みながら、水の中で苦しみもがいて死んでいったに違いない。

――ワタシはなにものか、しっているか。
おまえたちが犠牲《ぎせい》にしたものがなんなのか、わかっているのか――そう問われていたのかもしれない。

ハルには難しいことはわからない。それでも、心は打ちのめされていた。数百もの最期の叫びを聞かされたのだから。

お化けネズミの横腹の動きがゆっくりになっていき、やがて動かなくなった。

ハルは屈み込んで手を合わせる。

自分がなんの苦労もなく生活している裏で、ネズミたちのような見えない犠牲があったことをしっかりと胸に刻んだ。

深夜廻《しんよまわり》

八章——深夜

ユイ

ハルは前から変なことをいう子だった。

本人にその自覚があるのかはわからない。たぶん、ないだろう。

お互いに小さいころの——といっても幼稚園のころだが——話をよくする。ユイは田んぼで大きなガマガエルを捕まえた話や、神社でザクロの実を取ろうとして木から落ちた話などをしたが、ハルは時々見ていたという奇妙なものの話をした。ハルの話すそれは、ハルにだけ見えるもので、ユイの知らないものだった。今まで読んだどの本にも載っていないものだった。

二人で遊んでいる時も、ハルはなんにもない場所をじっと見つめて動かないことがあった。そんな時のハルは、ユイには見えないものを見ていたのだろう。

でもきっと本人は、自分にしか見えていないということに気づいていない。

「今なにかいった？」

ハルと山に来ると、ユイはよくそう聞かれた。

そう聞かれる時は大抵、ユイは一言も発していないのだけれど、ハルが怖がるので「あ、ごめん、独り言」と笑って返すことにしている。

どうもハルは、山にいるなんらかの〝存在〟を、感じ取っているようだった。

だからなのか、山で遊んでいる時のハルは特に奇妙な言動が目立った。

そういう時は気配だったり、声だったり、なにかしらを受け取っているようだったが、ハル自身はそれを幻聴や幻覚、つまり、自分の気のせいにしていた。

今おもえばハルはずっと前から、なにかに呼ばれていたのかもしれない。

だからあの時、ハルは消えたのだ。

ユイは昨日の記憶を振り返る。


寂しく燃え尽きていくような空が見下ろす、夕暮れ時。

ユイは引っ越すことをハルから告げられた。

ハルの前では努めて明るく振る舞ったけれど、内心はひどく取り乱していた。

これからの人生でハルがいない日のことを想像していなかった。いつも、そばにいるものだと信じて疑わなかった。突然、いなくなるといわれても意味がわからなかった。

あまりに急すぎて、哀しいとかつらいとか、そういう感情さえも忘れて白紙のようになって、焼け落ちて傾いていく陽に染まる空の下を一人、とぼとぼと影を落として家路についていた。

空は焦げ跡のように醜《みにく》く黒くなっていき、やがて、大嫌いな夜が来た。

影と闇がぶくぶくと存在感を強め合っていく中——急に不安が首をもたげた。

——ハル、大丈夫かな。

ここ数日のハルは言動がおかしかった。

思いつめたような表情《かお》をしていたし、なにかの声や音が聞こえるといって怖がった。

「誰かが呼んでる」といって、怯えることがあった。

なにかに誘われるように、ふらふらとどこかへ歩いていこうとした。

これまでにも、そういう不思議な言動はあったけれど、ここ数日は異常に多かった。

——ハルの心は大丈夫だろうか。

ユイが失うのはハルだけ。でも、ハルはユイだけではない。思い出の残るこの町をすべて置いていかなければならない。ハルの心は今、傷ついて血だらけなのではないだろうか。

そんな不安も心配もすべて口実で、ただ自分がハルに会いたいだけだったのかもしれない。

ユイは踵を返し、ハルの家へと走った。

町の雰囲気がいつもと違っていた。

静かすぎる。水の中のように、あらゆる音が殺されていた。

行き交う人たちの影が歪で、捉えどころがなく、輪郭がおぼろげだった。

あれもまだ、どこかにいるかもしれない。ハルとユイをしつこく追いかけてきた、ゾッとするような金属音。ハルには酔っ払いだとごまかしたけれど――違う。

あれはもっと怖いものだった。

ハルとずっと一緒にいたことで、ハルが見聞きしているようなものが自分にもわかるようになったのか。いや違う。そうじゃない。自分が変わったのではなく、夜がおかしくなったのだ。

グロテスクに変貌していく夜におびやかされながら、ユイはハルの家に戻った。

家の窓が暗かった。さっきは点いていた玄関灯も消えている。胸騒ぎがした。

インターホンを鳴らした。外から名前を呼んだ。

ハルは家から出てこなかった。

家族で出かけているのかもしれない――そんな考えには至らなかった。

――引っ越しは夏休み明けっていったよね？　さっきバイバイしたばかりだよ

ね？

「なのに……なんで家にいないの？」

公衆電話を探し、ハルの家へかけた。

呼び出し音は、ユイが絶望的な声をあげて受話器を叩きつけるように置くまで鳴り続けた。

ハルが消えた。

花火を見に行く約束をして、玄関の前で別れてから十分も経っていないのに。

空き地へ走ると草むらで寝ていた二匹を起こし、ハルのにおいをよく知っているクロを連れて、夜の町を廻った。図書館。ゴミの森。公園や学校にも行ったけどハルはいなかった。

「誰かが呼んでる」

ハルは、そういっていた。

その誰かに呼ばれて行ってしまったのなら――そうだ。山だ。

その夜、ユイは山へと向かった。ハルを隠したものから取り返すため。

クロと一緒に。

※

そして——今夜もまた、ユイは奥深い山道を淡々と歩み続ける。

どんどん草木に狭められていく道は、梢の屋根で月の明かりが濾《こ》しとられて真っ暗闇だった。それでも木にぶつからず、つまずかずに歩けるのは、自分が夜側の存在になってしまったからなのだろうか。

ともあれ、山へ来たのは正解だった。あるいは、山へ来ることは、もう決められていたことなのかもしれない。

この先に答えがある。その確信を、ユイは一歩ごとに強めていた。

山に入ってから、歩みを進めるごとに失われた記憶が少しずつ蘇っていくのを感じるのだ。それだけではなく、この旅の途中から、意外な案内人が同行していたというのもある。

ユイの少し先を、ユイが歩いていた。

髪形も服装も同じで、片足の踵をこする歩き方までまったく同じ。

その横にはクロもいる。

どちらもモノクロで、クロはもとから黒いから変わらないけど、ユイの赤いリボンは灰色。消えたり現れたりを繰り返しながら、ときおり、少し先へと瞬間移動をする。

それは山を歩いていると、いつの間にか前を歩いていた。

今夜はどんなデタラメが起きても不思議じゃない。赤い鋏を持ったお化けのようなものにも襲われたし、顔のないのっぺらぼうの自分にも会っている。今さら、驚きもしなかった。この夜がおかしいのか、死んでしまった自分がもう、まともな世界にいないのか、そのあたりの判断はまだつかないけど、目の前にいるモノクロの自分がなんなのかはすぐにわかった。

これは、昨日の自分の姿だ。

たぶん、残像のようなものだろう。このモノクロのユイと同じ道を歩き、同じタイミングで止まり、同じ歩調で歩いていると、自分が昨日も同じことをしていたのだと思い出す。

どうも、自分の取った行動は映像として場所に記憶されているらしい。

昨日の記憶がバッサリそぎ落とされている理由はわからないけど、人は都合の悪いことを一時的に記憶から消すこともできる生き物なんだと聞いたことがある。だとすれば、そうとう自分にとって都合の悪い、記憶から消したいことがあったのだ。結果、死んでしまったのだから、それはもう最悪の記憶なのだろう。

試しにさっき、モノクロの自分と重なってみた。少しもズレないように、手足の動きも合わせて。すると急激に、「ハルをさがさなければ」「ハルを助けてあげなければ」という強い感情に駆られた。その感情は今の自分の感情や目的と、かなりズレている。

それはたぶん、昨日のユイの感情だからだ。

モノクロのユイは昨日の行動だけでなく、その時の心境も記録しているらしい。だから、残像と重なることで昨日の自分の思考と行動の追体験ができる。以前にも同じ体験をしているような不思議な感覚をおぼえたことが何度かあったけれど、その時は知らず知らずに自分の残像と重なっていたのかもしれない。

そして残像は今、山の奥へ奥へと進んでいる。

昨日のユイはハルを捜すため、この山の奥へクロとともに向かったのだ。

そのあと、なにかがあって――死んだ。

一緒についてきたクロは、どうなってしまったのだろう。

このまま自分の残像《かこ》についていけば、真実《すべて》がわかるはずだった。

ハル

ダム湖の水が涸れて数十年ぶりに姿を見せた村に、村だった名残りはほんのちょっとしかなかった。

ピーナッツクリームをたっぷり塗りたくったような光景が広がり、建物のほとんどは骨だけが残され、木造以外の煉瓦やコンクリート造りといった丈夫な建物は乾いた泥で化粧をしたように黄色く染まっていた。

樹木はほとんどが根元近くで折れて、そこいらに流木として溜まっている。それに混じって電信柱や土管、折れた煙突らしき太い筒も身を横たえていた。

大小たくさんの水溜まりがあちこちに斑模様《まだらもよう》を描き、魚でもいるのか水がはねるような音をたびたびさせていたが、本物の魚かどうかも疑わしいので近づいて覗き込むようなことはしなかった。

ぴょんぴょんと跳ねるように走る子犬は、器用に水溜まりやぬかるみを避けている。少しお尻に泥がはねているくらいで、ほとんど汚れていないのはさすがだ。

体育の時間に雨上がりの運動場で思い切り転び、下着まで水が染みてつらい気持ちを味わったことのあるハルは、平均台の上を歩くように両手を水平に上げて慎重に移動していたが、それでもぬかるみに幾度も足を取られて靴下までぐしょぐしょだった。

キャッキャ、キャッキャと子供たちの笑い声がする。

剃いだ頭皮が打ち捨てられているような、黒い水草の生い茂る場所で、おたまじゃくしのように黒い光沢をぬるぬると帯びた小柄なものたちが七、八人、血に濡れた手を前にだして追いかけっこをしている。

住民は村が水没する前に移住しているはずだから、村の子供たちではない。地下水路のように水気があって、どろどろべちゃべちゃしたところが大好きなナニカなのだろう。あんな姿でヒトの子供と同じ笑い声なんて気持ちが悪かった。

見つかれば間違いなく、あの追いかけっこに強制参加させられるだろう。ハルは懐中電灯を下に向け、音を立てないように通り抜けようと慎重に移動するが、泥にはまった足を抜こうとしたら吸盤を剝がすような音が大きく響いてしまった。

一瞬、笑い声が止み、黒いのっぺらぼう顔《がお》が一斉に自分に向いたので、泥がはねるのもお構いなしで遊び場の横を走り抜けた。

滑《ぬめ》る泥道に手こずりながら子犬のお尻を追いかけていると、なだらかな傾斜の山道に入る。

何十年と水没していたためにナメクジの背中のようにヌメヌメして歩きにくい地面がしばらく続き、苔でコーティングされた深緑色の長い石階段が現れる。

階段の上から、月の仄明《ほのあ》かりを背にした鳥居のシルエットがハルたちを見下ろしている。

神社があるようだ。

「ユイ、この先にいるのかな」

物々しい雰囲気の光景を見上げながら不安を口にする。

子犬は、ふぁぐぅ、と微妙な声を返し、石階段を駆け上がっていった。

爛《ただ》れた鳥居の下を通ると、そこに広がる光景を見たハルは絶句した。

境内《けいだい》はゴミだらけだった。

壊れた桶や盥《たらい》、刃の錆びついた鎌や陶器の破片、元がなんなのかわからない黒やら茶やら緑やらの塊。拝殿も砂埃にまみれていて、雑巾のような汚らしいぼろ切れがあちらこちらにぶら下がっている。

村がダムに沈んだことで神社への道が断たれ、誰も訪れなくなって廃《すた》れてしまったのか。それともダムに沈む以前から信仰を失っていたのか。

――ここに住んでいる神様はかわいそう。

ハルはしょんぼりしてしまった。

どうして神様として祀《まつ》った存在を、こんなふうに棄ててしまえるのだろう。となり町のムカデの神様もそうだった。そこに神様は居続けるかもしれないのに。

子犬はとことこと歩きまわりながら、たまに止まってスンスンと鼻を動かしている。

風の中からユイのにおいを探しているのだろう。犬の嗅覚は人間の一億倍といわれているそうだけれど、幽霊のにおいまでわかるのだろうか。幽霊ににおいがあるなんて話は聞いたことがない。

石碑がある。石が古くて荒れているし、字も古いので読めないが、その横に神社のいわれが書かれた白塗りの看板が立っている。

『この神社では、理様という神様をおまつりしています。理様は縁結びと縁切りを司る神で、人間関係で悩む人たちが救いを求めに訪れます。この神様に「もういやだ」と、偽りのない本心からの言葉をお伝えし、両手、両足、頭の五体がある人形を奉納すれば、慈悲深《じひぶか》い理様が悪縁をはさみで絶ちきってくださるといわれています。宿願成就の際のお礼参りでは、両手両足、頭を切った人形を――』

ハルは真剣な表情で、看板の説明の気になる箇所を繰り返し目で追った。

「これ、コトワリさまと似てる……」

漢字で書かれた神様の名前は読めないけど、書かれている説明には聞き覚えのある箇所がいくつかある。こんな変わった伝承、そういくつもないだろう。

じゃあ、コトワリさまって――。

「ここの神様だったんだ」

――びっくりだな。あんなに怖い姿をしているのに。

汚れた境内を見わたす。

これでは神様だって怒る。怖い姿にもなる。今まで救ってあげてたのに、こんな仕打ちをされたら、もう優しい神様ではいられなくなる。

看板の説明書きの続きに目を戻す。

『――もちろん、おまじないが必要です。人形《ひとかた》といい、人の形をしたものを捧げます。昔は木の板や紙を人の形に切ったものを供えました。近年では絵馬と紙ですが、これでは切れぬ縁があります。悪縁ではない縁、つまり、互いに離れたくない「絆《きずな》」です。これを切る法は禁じ手となっています。』

――どっちも離れたくないのに、縁を切らなければいけない時なんてくるのかな。仲良くすればいいだけなのに。

拝殿の横には、たくさんの絵馬が掛けられている。

『しねしね、しね、しね、もういやだ』『父親との縁が切れますように。もういやだ』『暴力を振るう彼とお別れができますように。彼が不幸になりますように。もういやだ』『病気と縁がきれますように。もういやだ』

どの願いにも同じ言葉が書かれていた。

「もういやだ、か」

この言葉がコトワリさまへの「たすけて」なんだ。

――変わった神様だな。

ハルの背後で、聞き覚えのある金属音が聞こえた。

ユイ

誰かが来る。

残像の追跡をいったん中断し、草むらの中にユイは身を隠した。

夜更けの山の奥深くから、明かりも持たずに歩いてくる人がいる。

それだけでも不気味だが、一切の光がない暗闇の中、その姿がはっきりと見えるという点で、まともなものであるはずがない。

ユイも人のことはいえないが、もし向こうも自分と同じ幽霊だったとしても、別にお友だちになりたいわけではない。できれば、関わり合いになりたくなかった。

草の隙間から、そっとうかがう。

やってくるのはジャケットを着た背の高い大人の男性だ。痩せすぎた身体にジャケットの肩幅が合っておらず、お世辞にも恰好はよくない。

「――え?」

顔を見たユイは、隠れていることも忘れて声をあげてしまった。

黒縁眼鏡、こけた頬、眉毛と眦《まなじり》が同じ角度で下がっている気の弱そうな顔。

向こうから来るのは、二年前に突然いなくなった、父だった。

何度も目をこすり、瞬《まばた》きを繰り返す。

なにをしても、父はそこにいた。

隠れてなんていられない。ユイは勢いよく草むらから立ち上がる。

「お父さんだよね？」

父は娘に見向きもせず、目の前を通りすぎていく。

その後をユイはついていく。

「ねぇ、まってよ、お父さん、ユイだよ、ここでなにしてるの？」

声が届いていないはずはない。しかし、父は足を止めることなく、どんどんユイとの距離を開いていく。

大人の歩幅に歩きではついていくことができず、ユイは走って父の背中を追った。

よく見ると、父には左手がなかった。ジャケットの袖から覗くワイシャツの袖が黒く血で染まっている。

「お父さん、どこへいくの？　その手、どうしたの？　ねえ。まってよ。わたし、知りたかったの。どうして？　どうして――」

どうして、いなくなっちゃったの？

ユイに返されるのは背中越しの沈黙だけだった。

今になってユイは気づく。

父の色がモノクロであることに。つまり、残像なのだ。

それでは、いくら叫んでも声など届くわけがない。

父と自分。遠のく二つの残像の背中を交互に見て、ユイは両手で頭を抱える。

自分の死の真相やクロの行方も知りたいが、ユイにとって父の失踪《しっそう》は大きな謎だった。

父は優しかった。大好きだった。会いたかった。それは今でも変わらない。

自慢の父でもある。大学で神社や神様の研究をしていた父は、難しい内容の本を何冊も書いている。ユイが子供だから難しいのではなく、大人でも難しいことを父は研究していた。

毎日、研究や執筆で忙しそうだったが、毎日、夕食前には家に帰ってきた。ご飯は必ず家族全員で、というのが父の作った我が家のたった一つのルールだったからだ。

父がいるころは、ユイの家も今のように荒《すさ》んではいなかった。

家庭があった。家族だった。温かかった。孤独ではなかった。

父はユイも母も家庭も、とても大切にしていた。

そんな父が、消えたのだ。

ある日、突然に。

なぜ、父が急に姿を消したのか、ユイは考えた。

母のことを嫌いになったからだろうか。いや、そんなはずはなかった。あのころの母は、今のような人ではなかった。

母が変わってしまったのは、父がいなくなってからだ。

あんなに家事が得意だった母が、掃除や料理をまるでしなくなった。部屋はどんどん荒れていった。ゴミに埋もれていった。ガスや電気が止まることもたびたびあった。

どこへ行ってるのか、母はほとんど家には帰ってこなかった。明け方に帰ってくると午後まで寝て、外出してまた明け方に帰ってきた。

一日中、ずっと自分の左手を見つめているだけの日もあった。母の視線は薬指にある指輪にだけ注がれていた。

父がいなくなってから、ユイの暮らしは百八十度変わってしまった。

父が去った理由を、他に好きな人ができてしまったからだと母は思い込んでいたが、ユイにはそうは思えなかった。父は間違いなく、母と娘を愛していたし、裏切るような人ではなかったのだ。

今思えば、兆候《ちょうこう》もあった。父はいなくなる数週間前から言動が変だった。

よく、部屋の隅の暗がりや廊下の奥、クローゼットの中に話しかける父を見た。

「うるさい。話しかけるな。私は知らない」

「そんなもの選べるものか。ふざけるな」

「だまれ。だめだだめだ。連れていかない」

普段の温厚な父からは考えられない乱暴な言葉だった。

父の独り言は日に日に増えていった。誰に話しかけているのかとユイが聞くと、決まって父は「独り言だよ」と微笑んだが、独り言には見えなかった。父は見えない誰かと会話をしていて、相手の声がユイに聞こえないだけなのだと思っていた。

たまに、夜中に窓から外を睨みつけていることもあり、そういう時の父は目が充血し、唇をひくひくとさせているので、怖くて声をかけられなかった。

「わかった。それなら、私一人でいく――」

ある晩の父の独り言だ。

この数時間後、父は姿を消してしまった。

それから約二年。まさか、こんな形で再会することになるなんて。

皮肉にも娘は幽霊、父は残像。けっして交わることのない再会となってしまった。

　ユイは父の残像を追い続けた。

　しばらくついていくと、それまでただぼんやりと歩いているだけだった父の動きに変化が出てきた。時々立ち止まって、品定めするように木を見つめている。木肌に触れ、枝を摑んで硬さを調べているような動きもある。

　このあたりは、あちこちに立て看板があった。

『あなたの命はこの世界にたった一つ』『思い出してください。家族の笑顔』『命を捨てても楽にはならない。安らぎは生きているもののもとに来る』『いのちを大切に。お困りのさいはこちらの番号へ――』

　父は一本の木の前で立ち止まった。珍しい真っ白な木だ。

　ジャケットの内ポケットから小さいノートを出して足元に置くと、右手だけで器用に紐を枝にかけ、長さなどを調節しはじめる。その姿は几帳面な父らしくて、なんだか懐かしかった。

　そして父は、娘の目の前で首を吊った。

　残像は消え、気がつくとユイは白骨化した遺体の前に立っていた。

　木の股の凹みに、ソファに腰を沈めているように座っている白骨体は、すっかりサイズが合わなくなったジャケットを着て、胸に自分の頭蓋骨を抱きかかえていた。ユイに向けて頭《こうべ》を垂れ、謝っているように見える。

父がもたれる木の枝には、ちぎれた縄が下がっていた。縄が切れて、父はたまたま座るような姿勢でここに落ちたのだろう。

遺体のそばにノートが落ちている。

拾って開くと、黒光りするヤスデが泡を食ったようにページの隙間から逃げ出した。

そこには、整った字で最期の父の言葉が綴られていた。

○月×日
まただ、あの声が聞こえる。

先日の方法も結局、効果はなかった。

日に日に、呼ぶ声が強くなっている。あの声には、どうにも逆らえない。頭の中に直接響いてくるから、逃げ場などないのだ。

研究のためとはいえ、私は禁忌《きんき》に近づきすぎた。

×月×日
あれは巧みな話術を持っている。選ばせるのだ。いかにも私が選択の権利を持っているようにかん違いさせ、結果、自分に都合の良い選択をさせる。

こともあろうに、あの声は私のみならず、家族をも連れていくといいだした。

妻と娘まで欲し始めたのだ。

当然、拒否した。私にそんなことができるはずがない。

だがどうだ。人間の心は果てしなく弱い。心の奥底では、それも悪くないと考えている私もいる。このままでは、あと幾度かの選択で、私は家族を連れていく道を選んでしまうだろう。

それだけはだめだ。私に向けられた呪いに家族を巻き込めない。絶対に。

×月×〇日
今日、私はきんだんの方ほうをつかった。

コトワリさまにかぞくとのえんをきってもらったのだ。

あいするつまとむすめのために、あいするつまとむすめをわたしからたち切った。

かんけいを切ることを「手を切る」などというが、だれがかんがえたことばなのだろう。

コトワリさまの「もう一つのルール」により、ひきかえに左手を失うことになっ

たが、これであん心して私ひとりで、あのこえのもとにいける。

その先は妻と娘へ向けての謝罪の言葉が続き、残りの数ページはめちゃくちゃに書き潰されて真っ黒になっていた。

「お父さん」

ユイは真実を知った。

研究中に禁忌に触れてしまい、その結果、なにかに魅入られてしまった父は、家族を巻き込まないために姿を消し、こんなところで一人寂しく死んでいたのだ。

どうして。

ユイは天を仰いだ。

さっきまで雲の奥に引っ込んでいた月が、いつの間にか丸いニキビ面を晒していた。

どうして、こんな目に遭うの。

どうして、わたしの家族だけが、こんな地獄を味わうの。

わたしたちがなにをしたの？

なにもしてない。してないよ。なのに。

お母さんを壊されて。

お父さんの死体を見せられて。

クロもどこかへ行ってしまって。

わたしは死んでしまって。

ハルももうすぐ、遠くへ行ってしまう。

ひどいよ。どうしてわたしだけ。

こんなに我慢してるのに。こんなに頑張って乗り越えようとしているのに。

ユイの目は暗く染まる。夜よりも、ダムの水底よりも暗く、どこまでも深く沈んでいく絶望的な闇の暗さに。

ハル。暗いよ。なにも見えないよ。

どこなの、ハル。もう、引っ越しちゃったの?

ハル、ハル、ハル。

さびしいよ、さビシいヨ、サビシイ、イカナイデ、イカナイデ。

元々は縁を切るためだけに使われていた鋏なのだろう。

この毒々しい赤色も、犠牲者の血が染み込んだ赤なのだとハルは勝手に怖いほうに考えていたが、きっと深い意味を持つ赤に違いない。運命の赤い糸という言葉もあるし、血の繋がりは血縁という。赤いものを断ち切ってきたから、あるいは、そういうものを断ち切る役割を持っていたからこその赤なのだろう。

コトワリさまは、すぐには襲いかかってこなかった。

ふわふわと宙を浮いて、鎌首をもたげる四本の太い指をそれぞれが別の生き物のように蠢めかせている。

〝生贄《いけにえ》〟を差し出す時間を与えているのかもしれない。

手と足と頭のついた生贄だ。

そんなものは持っていない。境内を軽く見わたしても、目に入るのは神様の家を汚す大量のゴミくらいで、今この場で生贄の条件を満たしているのは自分と子犬だ

けだ。

差し出される生贄がないと判断したのか、コトワリさまは鋏をジョキンと開閉させた。

右足を太腿のあたりから切り取ろうと考えたのか、その位置に〝嘴《くちばし》〟の切っ先がいくように全体を前に傾けて、すべるように迫ってきた。

ハルが走りだすのと入れ違いで、ハルとコトワリさまのあいだに子犬が飛び込んできて、赤い刃先に向かって激しく吠えたてる。

「だめ！　わんちゃん、あなたはここから逃げて！」

子犬はハルの声を無視し、吠えて威嚇《いかく》し続ける。その脚はガクガクと震えていた。

赤い鋏は子犬を見下ろす。

手と足と頭があるか、確認しているのかもしれない。

このままだと、生贄は子犬になってしまう。

早くもそう判断したのか、コトワリさまが子犬に向かって突っ込んできた。

尖った刃先が触れる寸前、ハルは掬い取るように子犬を抱きかかえると横に飛び退いた。そのままごつごつした石畳をごろごろと転がり、全身が砂埃やゴミにまみれる。

子犬の鼻面《はなづら》を両手で摑み、「だめだよ！」と叱った。

「キミが死んじゃったら、ユイが悲しむよ」

クゥーンと返ってきた。

「わたしは大丈夫だから。キミは先にいってユイを見つけて」

石畳の上に置かれた子犬は、ハルとコトワリさまを交互に見上げ、困ったような顔をする。

「お願い……ここから逃げて」

ハルは足元の小石を拾うと、神社の裏の森のあたりに向かって投げた。

石を追って、やっと走りだした子犬に鋏の切っ先が向く。今度は、その前に両腕を広げたハルが立ちはだかる。

「わんちゃんは、やらせないよ」

ハルの目に、もう迷いはなかった。射貫《いぬ》くようにコトワリさまを見据えている。

コトワリさまは機械的な判断で、近いほうのハルを生贄と判断したようだ。赤い二枚の刃の切っ先がゆっくりとハルの首に向けられる。

「あなたなんか、怖くない。わたしはユイに会いにいくんだ！」

コトワリさまは鋏の刃を広げた状態で向かってきた。

ハルは走りだし、そして考える。

――さて、どうしようかな。

あれだけ啖呵《たんか》を切ってしまったが、考えがあっての行動ではなかった。子犬から気を逸らすためにやったことで、怖くないといったが、怖くないわけがない。こんな見た目のものを前にして恐怖を感じないものはいないだろう。

今のハルにできることは、結局いつもと変わらないのだが、走って逃げ回ることだけだ。走りながら活路を見出すしかなかった。

これだけゴミがあるのだ。生贄の代わりになるものが見つかるかもしれない。次にやるべきことが決まった。ゴミあさりだ。

背後の物騒な金属音が、それをさせてくれるかどうかだが――。

境内に散らばるゴミに目を配りながら逃げ回っていると、ハルは不思議な光景に目を留める。

先ほど、子犬を抱えて飛び込んだあたりが、淡く青く光っている。

ハルが滑り込んだことでゴミが押しやられ、そこから覗いている石畳が鈍く光っているようだった。

――なんだろう。

何十年も人が立ち寄らなかった神社に、あんなふうに発光するものなんてあるだろうか。

こんな時なのに、すごく気になった。いや、こんな時だからこそだ。

ハルの勘がいっている。このサインを見逃すなと。

ハルは境内を走りまわりながら、発光しているあたりのゴミを少しずつ拾って、一カ所にまとめていく。壊れた桶は摑んだらバラバラの板になった。錆びている金属は触れたら粉々になった。黒ずんだ木片はぐずぐずに崩れた。底が焼けて破れた薬缶《やかん》、片方の長靴、触りたくなかったけど蛇の皮——と、形のあるものはまだマシで、何十年と風雨に晒されて原形を失っているなにかの塊がいちばんゴミの中に多かった。神社の掃除をしているあいだも、手足や首を胴から切り離そうと、大きな鋏が追いかけてくる。

拝殿の前のゴミが少しずつ片付いていき、だんだんと光る石畳の全貌が見えてきた。

境内の石畳は一部に、青みがかった違う種類の石材が使われている。どうもそれが神秘的な仄青《ほのあお》い光を放っているようだった。

さらに片付けていくと、光る石畳の並びが人の形をしていることに気づく。ハルがたまに教科書やノートの隅に落書きする、棒だけで描かれた棒人間みたいだ。

これなら、コトワリさまの生贄にできるんじゃ——。

ハルよりも早くそれに気づいたのは、コトワリさま自身だった。

ハルの追跡を急にやめると、人形《ひとがた》の青い光の上を大きく旋回しはじめた。何周かすると下降し、鋏で手足を啄《ついば》みだす。金属のぶつかる音が神社に響きわたる。

青く光る人形《ひとがた》は、神社にコトワリさまを繋ぎ留めておくためのものなのかもしれない。好き勝手に暴れさせず、この場所に留まって神として祀られるように。

ハルはそっと神社を後にした。

鋏が石畳を突く音が、いつまでも虚しく鳴り続けていた。

※

神社の裏の鎮守《ちんじゅ》の森を抜け、緩やかな坂になった山道を歩いていく。

懐中電灯で潜水艦のサーチライトのように夜を掘り進むと、道はどんどん細くなっていき、どこかへと導かれているような気になる。

ハルは感じていた。

もうすぐ。この道の先に。

ユイがいる。

ねえ、ユイ、見て。
わたし、少しだけ強くなれたよ。
こんな暗くて怖い夜でも、ほら、ここまでこられたよ。
いつも守ってもらって、助けてもらって、ユイには心配ばかりかけたけど。
今度は、わたしの番。わたしがユイを助けてあげる。
ううん、助けさせて。
わたし、いつも、してもらってばかりで。
助けてとか、おいていかないでとか、そんな甘えたことばっかりいって。
弱虫で、いつも泣き言ばかりで。
ごめんね。
ユイだって、あったよね。
つらいこととか、たいへんなこととか。
泣きたいことだって。
ねえ、ユイ。
いまはおもうんだ。
ユイはわたしよりも、つよくなろうとしてくれてたんだなって。
がんばって、むりもして。

弱いわたしをまもるために、痛いこともつらいこともがまんして。
だからね。
今なら。
今のわたしなら、ユイをもっと——。
ねえ、もうおそいのかな。
わたしたち、まだ、おそくないよね。
そうでしょ。ユイ。
細い狭い道を上がって、広く開けた場所へと出た。
そこで、ユイは待っていた。

深夜廻《しんよまわり》

九章——丑の刻

ハル

草原は月明かりに晒されて、そこだけが夜の海にぽっかり浮かんでいるようだった。

彼岸《あっち》と此岸《こっち》のどちらにもいけない、夜をさまよう浮島のように。

その直中《ただなか》でユイは、抱きかかえた膝のあいだに顔を埋《うず》めて座っていた。

小さく小さく見えるユイは、このままどんどんと小さく縮こまって、この世から消えてしまいそうだった。

見ていて堪らなくなったハルは駆け寄ると、なにもいわずにユイを抱きしめる。

言葉が出なかった。

こんなユイの姿を見せられては、なにもいえない。

ユイの肩越しに見える月に照らされた草の中から、黄緑色のヘアピンのようなバッタが跳んでいった。

「ハル？　……あー、ハルだ」

顔を上げたユイは惚《ほう》けたような声を漏らした。

ハルは何度も頷いた。

「さがしてたんだよ、ハル。どっかにいっちゃうんだもん」

「……ごめん、ごめんね、ユイ」

「さみしかったぁ」

ハルはユイの背中を強くかき寄せる。

どんなに頬を押しつけても、肌に触れても、抱き寄せても、ユイの体温を感じられなかった。冷水に浸かっていたように冷たかった。それでも、見て、触れられることに感謝した。

「さみしかったよ、ハル」

「うん、うん、ごめんね、もう大丈夫だよ」

「さみし、カッタ」

言葉が歪んだ。

ハルの背にユイの腕が巻きつく。

「ハル、ハル、さみ、しかったよ」

ハルの身体がぎしぎしと軋む。

「ユイ？　ちょっと腕がきつ……いよ」

「ずっと、さみしカッた、ハル、さみしい、ハル、ハル」

「まって、ユイ……いたい、いたいよ」

「ハルハルはルハルハルハル……ハルハルはるハルハるハルハル」

ユイの強すぎる抱擁が胸を圧迫し、背中に指が食い込んでいく。

「いたいよっ」

異常を感じたハルはユイを自分から強引に引き剝がした。

ダラリと頭《こうべ》を前に垂らしたユイは立ち上がると、ハルの名を繰り返す。感情も抑揚もない念仏を唱えるような低い声で、自分の足元にぽとぽとハルの名を吐き垂らす。

「やめてよ、もうやめてよ、ユイ」

ハルの名を呼ぶ声はピタリと止まり、

「――にげるの？」

呪うような、低く薄暗い声だった。

「にげないよ」

「ハルも……ハルもわたしから、去っていくの？」

「まってユイ、違う、そうじゃないよ。話を聞いて」

「ずっと、ずっとずっと友だちだって　ずっと一緒だって、やくそくしたのに、ハル、ハル、ハル、ハル、ハル、ハルハル、ハるハル、ハルハルはル」
顔を上げたユイは、目が白く裏返っていた。苦しそうに口をパクパクとさせて喘ぎながら、「ハル」という名に溺れているようだった。

「おねがい、ユイ、おねがいだからやめて」

「ハル、サビシイヨ」

ユイの両目から黒い涙が流れた。

目の下にできた二本の黒い水路は、水に墨汁《ぼくじゅう》を垂らしたように頰の上で広がっていき、顔全体を侵していく。黒く塗りつぶされた顔の中で、真っ白な目だけが混乱したように視線をさまよわせている。やがて、右目がぽこりと腫れあがり、顔の三分の一を占める大きさになった。その右目と釣り合いを取ろうとするように左目も膨らむが、同時に右目がまた倍に膨れあがって、顔は左右の大きさの違う目に支配された。茶色いユイの髪も濡れたように黒く染まっていき、放射状に揺らめいて黒い太陽のようだった。

「こんなの……ひどいよ」

目の前で大切な友だちを壊される。

そんな地獄を見せられたハルの目は、現実から逃げ出そうと必死にもがいていた。

「どうして、こんなひどいものを見せるの?」

「ハる、イかナ、いデ」

それは、ユイの声だった。

ユイの声ではあるけれども、紙一重でヒトとヒトでないもののあいだを、ぐらぐらしているような覚束ない声だ。

「おいテ、いか、ナいで」

悲痛な声を絡めた黒い手がハルに向かって伸ばされる。

黒い指先を見つめるハルは、強張った表情で後ずさる。

「おいてなんかいかないよ」

「う、ソ」

うそじゃないよ。

ハルは首がもげそうになるほど激しく横に振った。

「うそなんていわないよ。ユイはわたしの一生の友だち……大事な人だもの」

「ウそ。おいテイく、くセに」

黒い両手が伸ばされて、ハルの両肩を摑んだ。

肩に食い込む指先から、冷たい〝根〟が張っていくのがわかる。それは身体の中へ中へと侵入し、突き刺さるような冷たさが全身に支流を作って張り巡らされてい

く。冷たい〝根〟は血や内臓をも冷やし、心臓に到達しようとしている。

ハルの顔や指先がふやけたように白くなっていく。

「ユ、イ……さむいよ、くるしい、よ……こわいよ」

両肩を摑む手が、突然、ガクガクと震える。

「――コワ、い？」

ハルはどんどん眠くなっていく。

布団の中での気持ちのいい眠さではなくて、眠ったら二度と目が覚めないとわかっている、怖い眠さ。

「こわい……こわいよお、ユイ」

ユイの両手がハルの肩からゆっくりと離れた。

身体の中に張っていた凍てつく〝根〟は、ずるずると両肩から抜けていった。

「ハル……ごめんね、こわがらせて」

いつもの、大好きなユイの声だった。

黒い太陽の中の眼球が、一瞬、潤んだように光った。

そしてユイは、霞みながら消えていった。

ハルの足元には、赤いリボンだけが落ちていた。

※

そろそろ山頂に近づいてきたのか、風がひんやりしてきた。

一歩一歩が重たくて、ハルは足を引きずるようにして歩いていた。

とっくに体力の限界はきていたし、坂道の傾斜も厳しくなってきた。

なにより、精神的な疲れが大きい。

無理もない。いちばん大切な友だちに殺されかけたのだから。

ユイはもう、以前のユイではなくなってしまったのか。夜の住人になってしまったのか。

あんなんじゃない。

あんな再会を望んでいたわけじゃない。

こんな終わり方はいやだ。

ちゃんと──ちゃんとユイと話がしたい。

さがそう。ユイを。

まだ、この夜のどこかにいるはずだ。

しばらく歩くと見晴らしのよい場所に出た。

竹藪《たけやぶ》のほうから、風が葉を擦るさらさらと涼し気な音がする。

落ち葉の敷かれた地面に土がこんもりとしている箇所がある。

木の枝を突き立てられているので、これはお墓のようだ。

こんな場所にまで来てお墓を作ってもらえるのだから、よほど大切にされていたペットなのだろう。

ハルはお墓の前にしゃがんで手を合わせた。

それにしても。

——あの子は、どこまで行ったんだろう。

ハルは子犬の行方を気にしていた。

ユイのいた草原にはいなかった。別のところを通って先へ行ってしまったのか。

突然、カラスの鳴き声が聞こえて驚いた。

視線を上げると木の上の影がやけに濃い。そこから伸びた枝に、真っ白な紙飛行機が引っ掛かっている。

ここから飛ばしたはいいが、吹き上げる風で戻されてしまったのだろう。あのままではそのうち雨に濡れて溶けるか、そのへんの草むらに落ちて誰にも読まれずに土に還《かえ》る運命だ。

なんだかほうっておけなくて、紙飛行機を落とそうと足元の石を拾って投げた。

バサッと音がして、木の上に溜まっていた影が一斉に散った。散った影はカラスの集団となって空へ逃げていった。

驚いて胸をドキドキさせているハルの目の前に、紙飛行機がぽとりと落ちる。

それは、日記帳の一ページを破り取って書かれた手紙だった。

『こんにちは。
わたしは小学生。名まえはユイです。
わたしには、たいせつな子犬が二ひきいました。
その一ぴきがしんでしまいました。クロという子でした。
とても、ゆうきがあって、やさしい子です。
この世は、かなしいことばかり。
さいしょは、お父さんがいなくなりました。
つぎは、お母さんがヘンになってしまいました。
お母さんは、わたしが見えてないみたいです。
とてもつらいけど、
わたしには、ハルという友だちがいます。

ハルがいればだいじょうぶ。
ハルと友だちでいられてよかった。
　ハルのことが大すき。
　でもハルは、夏やすみがおわると、とおくの町へひっこしてしまいます。
わたしのたいせつにしているものは、どんどんわたしからはなれていく。
おわかれはいつも、いたくて、つらくて、たえられない。
もう、なにもいりません。さようなら。』

ぽつぽつと涙が落ちて、手紙の字がにじんだ。
ハルは膝から崩れるように、お墓の前に座り込む。
ユイの両親のことは、はじめて知った。
ユイがどんなにつらくて寂しい日々を送っていたのかと考えると胸が苦しくなる。
そうとも知らず、無神経に親のことを聞いてしまった時もあったかもしれない。
ハルは、目の前のお墓に視線を下ろす。
ここに埋まっているのは、ユイが空き地で会わせてくれたもう一匹の子――クロだ。

まさか、あの子が死んでいたなんて。

ユイはここでクロのお墓を作った後に飛ばしたのだ。

誰にもいえないおもいを乗せた、この紙飛行機を。

ハルに心配をかけないようにと、つらいことはすべてを胸の中に閉じ込めていたのだろう。

そんな傷だらけで、ぼろぼろの心に。いつ破けてもおかしくない、弱っていた心に。

自分がとどめをさしてしまった。

ユイが死んでしまったのは――。

「わたしのせいだったんだ」

この手紙は遺書だ。

これを飛ばした後、ユイは……。

ハルは立ち上がると、ふらふらと歩きだす。

ユイがあんなに恐ろしい姿で自分を殺そうとしてきた理由がわかった。

裏切ったからだ。

今までたくさん助けてもらったくせに、最後にポイと捨ててしまう。

そんな自分のことをユイはきっと恨んでいるのだ。

ハルは自問自答を繰り返した。
わたしはどうすればいい？
会いに行けばいい。
今から？
今すぐに。
また、会えるのかな？
会いたいと願えば。
会ったらなにを話そう？
まずは謝ること。
なんて謝ればいいかな。
助けてもらったのに、助けてあげられなくてごめんなさい。
ユイは助けてほしいなんて思ってないかも。
それでも。
わたしは、ユイに許してもらえるかな？
許してもらえるまで謝ればいい。

会いに行きたい。
会いに行こう。
どこにいけば会えるかな。
まずは進むこと。
そうだね。うん。進む。その後は？
もっと進む。
うん。もっと進む。それから？
もっとだよ。もっと進もう。
緩やかな坂になっている尾根を、ハルはぼんやりと歩いていく。
曇天《そら》が迫り、雲のあいだから覗く月も近かった。
ハルは自問自答を続ける。
けっこう歩いてきちゃったな。
けっこう歩いてきちゃったね。
戻らなくてもいいかな？

戻らなくていいよ、このまま進んで。
大丈夫かな？
心配ないよ。
心配だよ、いろいろ。
心配しなくていい。もう大丈夫。
どうしてわかるの？
一人じゃない。
一人じゃないって……どういう意味？
手。
手？
あなたにとって大切な手。
わたしにとって大切な手？
あるでしょう？
——うん、ある。
次はもう、離さないで。
うん、ぜったい離さない。
ぜったいに？

ぜったいのぜったい。
約束できますか？
約束します。
見えますか？
——あ、見える。
それはなんですか？
手だよ。
どういう手？
いつも、わたしを導いてくれる手。
ほら、もう一人じゃない。
ほんとだ。
摑みましたか？
摑んだよ。
じゃあ、いきましょう。
どこへいくの？
いいところ。
ねえ、この赤い輪はなに？

その輪を両手で持って。
うん。持ったよ。次は？
その中を覗き込んで。
覗き込む？　どうしてかな。
輪の向こうに誰がいる？
——あ、ユイ。ユイがいる。
なにをしてますか？
わたしにオイデって、手招きしてる。
オイデ。
うん。
オイデ。イッショニキテ。
うん。うん、そうだね、一緒に——。

けたたましい犬の鳴き声がする。
ハルはそこで我に返る。
目の前には、赤い輪がある。
太い木の枝からブラリと下がる、赤い紐で作られた首吊りの輪だ。

ゾッとして後ずさると、踵を踏み外してバランスを崩し、ハルはお尻から地面に落ちた。

「いたい……っ！」

お尻をさすりながら、その目は地面に置かれている木箱に留まる。かなり年季が入っているのか黒ずんでいる。この上から落ちたようだ。

ふいに横から、温かいものに頬を舐められる。

わあっ、とハルは声をあげてしまった。

茶毛の子犬の顔がすぐ横にあった。

「わんちゃん……」

※

寝起きのように頭の中がかすんでいて、少しだけ頭痛もする。

子犬が足元から心配そうな目で見上げている。

今までどこにいたのか、毛に小さな枯葉をたくさんくっつけていた。

ハルは、あたりを見まわす。

尾根からは町が一望できる。あまりきれいな光景ではないなと思った。夜に沈む町はダム湖に沈む廃村と変わらなくて、寂しくて暗い印象をうける。

少し離れたところに、ちょぼちょぼと草の生えた岩があり、その前に古そうなお地蔵さまがぽつんと立っている。

それから――おそるおそる背後に視線を向ける。

手を広げてこちらを摑んでこようとしているような、怖い形の木。

ブルッと身震いする。

さっきまで自分は、この木で首を吊ろうとしていたのだ。

そんなことをするつもりはなかった。気がついたら、そうなっていた。

――声だ。

あの声のせいだ。

いつの間にか、頭の中に入り込んできた、不思議な声。

あれはなんの声なんだろう。お化けの声？　そういうものではない気がする。

そうだ。昨日もおなじだった。

昨日、家の前でユイと別れた後、あの声が頭の中に響いてきて――。

そして――気がつくと夜だった。

ハルは真っ暗な山道に一人、懐中電灯も持たずに佇《たたず》んでいた。

自分で歩いてきた覚えはなく、誰かに連れてこられたわけでもない。怖い夢でも見ているのかなと思ったが、冷たい風に頬を撫でられて夢ではないとわかった。

夜の山の暗さは絶望的で、帰りたくとも帰る方角もわからない。

なにかが闇の中にいるような気がして、怖くて一歩も歩けなかった。

不安がどんどん大きくなっていく。不安と一緒に、悩んでいること、苦しんでいること、悲しいこと、つらいこと、心に抱え込んでいたイヤなこともぜんぶふくらんでしまい、心がずんずんと重たくなって押しつぶされてしまいそうだった。

そんな時だった。

声が聞こえてきた。

優しく包み込むような、柔らかい声だった。

つらさ、哀しさ、苦しさを終わらせる方法を、その声は知っていた。

その声はいった。

今まで、この町でたくさん人を救ってあげてきたのだと。

苦しんでいる人を救済してきたのだと。

引っ越すことでユイと離ればなれになってしまう悲しみ。ユイに寂しい思いをさせることになってしまう心の痛み。二つの感情に囚われていたハルにとって、その声は光《すくい》だった。

ハルは声を受け入れた。

声のいうことには、なんでも「はい」と答えた。

すべての問いかけに「はい」と答えた。ただ頷いて、なにも考えず受け入れること
とは、とても心に優しかった。だから、「はい」しかいわなかった。

そこから先の記憶はまだ霞がかかったようにぼんやりとしていて、思い出そうとすればするほどその霞は濃くなっていく。

ただ——霞をかきわけるように蘇ってきたものもある。

犬の鳴き声。

昨晩はずっと、激しい犬の鳴き声を聞いていたような気がする。

草の上で横になっている子犬に目を向ける。

あの鳴き声はたぶん、この子じゃない。

——クロだ。

なぜかはわからないけど、そう感じる。

きっと、思い出せていない記憶が教えているんだろう。

クロは死んでしまった——ユイの手紙にはそう書かれていた。

クロになにがあったのか。

失っている記憶とクロの死は、関係しているんだろうか。

わからない。

寝そべっていた子犬が急にきょろきょろとしだした。

どうしたのと聞いても、それどころじゃないという顔でスンスンと鼻を動かし、なにかのにおいの方向を探している。

尻尾をぴんと上げて、白いお尻を丸出しにして、鼻をアンテナ代わりにとことこと歩いていく。向かう先は尾根の端にある、ハルが首を吊りかけた木だ。

先ほどのった黒い木箱の奥へいくと、木の根元に溜まっている落ち葉を前脚で掻きはじめた。

「そこになにかあるの？」

子犬は落ち葉の中から掘り出したものを咥えて、ハルのもとまで引きずってきた。

ウサギのナップサックだ。

ユイのものだろう。

傷だらけで、肩掛けのベルトが半分ほど千切れかけている。

枝から下がる赤い輪に震える目を向けたハルは、まさか、と呟く。

この場所で、ユイは――。

考えたくもなかった光景が、色付きのリアルな光景として頭の中に浮かんでしまう。

「ごめんね」

謝ってから、ユイのナップサックを開ける。

昨晩のことが、なにかわかるかもしれない。

筆箱、十二色の色鉛筆、絵日記帳。図書館にも落ちていた、魚の形のペット用クッキー。

赤い透明なガラスのついた玩具の指輪もある。二人で遊んでいる時、ハルが落ちているのを見つけて拾ったものだ。ユイのリボンと同じ色だし、似合うかなと思ってあげたのだ。

「あっ、これ……」

あちこちの糸がほつれた、青いリボンの女の子の人形がある。

ユイにあげた、手作りの人形だった。

帰っても、誰にも「おかえり」といってもらえないユイが、一人ぼっちで寂しくならないようにと作ったものだ。一緒にいられない自分の代わりだ。

裁縫は得意ではなかったが、丸一日かけて作った。どの指も絆創膏のミイラみたいになって、完成したものは下手くそな人形だけれど、あの日の逆上がりよりも頑張った。

どうしようかと迷ったけど、ユイに心の中でもう一度謝ってから、絵日記帳を開いてみた。

楽しいことがあったら絵日記をつける。それが夏休みの宿題だった。ユイはほぼ毎日、つけていた。夏休みはどこにも行かなかったらしく、書かれているのは町や山のことばかり。でも、二人で遊んだいろいろな場所が絵に描かれているから、読んでいてぜんぜん退屈しない。絵もうまいし、文章から、その日のユイの気分まで伝わってくる。これなら先生から、はなまるつきの「たいへんよくできました」のスタンプをもらえるだろう。

読みながら涙がこぼれてきた。日記の中のユイは、元気に生きていた。

絵日記の最後の日付は、今日。

絵は見晴らし台から見える夕暮れに染まる町だ。

○月×日　はれのちくもり
きのうは、いろいろありました。

いろいろありすぎて、全部はかききれません。

だから、いちばん大きなできごとだけをかきます。
ハルから、とおくにひっこしてしまうとききました。
びっくりしました。とてもさびしいです。
でも、おちこむことはありません。
会いにいけばいいんです。とおくても、電車があります。
いつか、電車にのって一人で会いにいきます。
今日はこれから花火です。
ハルといくってやくそくをしました。
もうハルはひっこしちゃうけど、
いつかまたいっしょに花火を見られるといいな。
ひっこしたあとも、たくさん手紙をかきます。
夏になったら、またハルに会いにいきます。
だから、がんばろう。

読み終えたハルの頭の中に、疑問が湧いていた。
ユイは絵日記の中で、怒ったり、恨んだり、絶望したりしていない。
この最後の絵日記からは、ちょっぴり寂しそうだけれど、前向きになっているユイの感情がしっかりと伝わってきた。最後の『がんばろう』も力強い字で、本心からのものに思えた。

これを書いたのは、花火の始まる少し前。見晴らし台から見下ろす夕暮れ色の街並みの絵がそれを証明している。

この絵日記を書いたあと、ユイの心の中でなにが起きたのだろう。

次のページは破り取られている。

さっき拾った遺書めいた紙飛行機に使われたのだ。

最後の絵日記の後に、あの手紙《てがみ》を書いたのか。だとしたら、あまりにも温度が違いすぎる。

「ユイは……わたしを恨んでたんじゃないの？」

恨んで、怒って、つらくて、苦しくて、だからユイは死んでしまったのではないのか。

……オイデ

ハルは顔を上げた。

まただ、また頭の中に声が響く。

……こっちへおいで……

……おいで、おいで、おいで、おいで

……いってあげて、いってあげて、いってアゲテ……

……カワイソウ、カワイソウ、カワイソウ

言葉《こえ》だけで、ハルの感情や行動を支配しようとしてくる。自分の言葉をハルの指先まで浸透させようとしている。人の心にとって楽な言葉、「はい」を引き出し、なんにでも頷くいいなりの人形にしようとしてくる。

「うるさい！　うるさいうるさいうるさい！　わたしはユイにあうんだ！」

両手で耳をふさぐが、頭の中に直接響いてくる声には無意味だった。それでも、自らの意思で歩いているぞと、両手を耳に当てたまま尾根を行き来する。

……いってあげて、いってあげて

「いくよ！　いわれなくたって、いくってば！　自分で決めるんだ。知りたいことがあるんだ。つたえたい言葉があるんだ。だから……邪魔をしないで！」

草の生えた岩の前にあるお地蔵さまの前で、ハルは膝を地面につける。

少しでも神様っぽいものの近くにいて、悪い声《もの》を追い払ってもらおうと。

……カワイソウカワイソウカワイソウカワイソウ

「うるさい、うるさいうるさいっ……あなたの声は、もう――」

もう、いやだ！

ジョキン。

金属音がすると同時に《声》も断ち切られる。

頭の中で乱舞していた声が、音楽機器の停止ボタンを押したみたいに瞬時に消えた。

長い沈黙。

ハルは両手を耳からゆっくり下ろすと、荒い呼吸に肩を上下させながら顔を上げた。

頭や胴を砕かれたお地蔵さまが地面に横たわっている。その上にはコトワリさまが赤い鋏をめいっぱい開いて浮かんでいた。

——コトワリさまが……助けてくれたの？

赤い鋏がぐるんとハルのほうを向くと、子犬が唸って威嚇する。

コトワリさまは、じっとハルのことを視ている。

ハルもコトワリさまのことをじっと見つめた。

ハルの中のコトワリさまに対する恐怖心が小さくなっている。

ダム湖の神社で、昔は人々にとって身近な神さまだったと知ったからだろう。見た目はまだ怖いけれど、人を言葉巧みにそそのかして死に誘うナニカより、ぜんぜんいい。

「えっと」

学校の先生には「相手の目を見て話しなさい」といわれるけれど、コトワリさまには目がないのでハルは困ってしまう。

「ありがとう、ござい、ました」

ぎこちなく頭を下げると、赤い切っ先が横を向いた。そちらに視線を移すと、壊れたお地蔵さまのそばにある草の生えた岩に、ハルが屈んで入れるくらいの小さな四角い穴がある。

形から自然のものではなく、人によって作られた穴のように見える。さっきは岩の表面に繁る草やお地蔵さまに隠れて見えなかったが、見えないように隠されていたのかもしれない。

「ここから、いけってこと？」

コトワリさまは答えることなく、暗い空に溶け込むように消えていった。

ハルは、足元の地面に赤い裁《た》ち鋏が開いた状態で突き立っているのに気づく。コトワリさまの持っている鋏のミニチュア版だ。といっても、鋏としては普通サイズのものだが。

子犬が警戒して鋏を睨みながら、その周りをぐるぐる回っている。

「大丈夫だよ、持っていけってことだとおもう」

鋏を拾ってナップサックの中へ大事にしまう。そうだ、とユイのナップサックを置いた場所まで走って戻り、ハルの作った青いリボンの人形を自分のナップサックに入れた。ユイと会えた時に渡すためだ。

戻ると、穴のそばで子犬が待っている。

ハルは子犬の前に屈み込んだ。

「わんちゃん、お願いがあるの」

※

穴の先は岩に挟まれた狭い隙間が続いていた。そこを抜けると岩肌がむき出しになった暗い山道になっている。見上げると迫り出した岩や重なり合う木々の枝で空はほとんど見えず、昼間に来ても、陽などほとんど当たりそうもない。だからか、ちょっと肌寒かった。

「こんな場所があったなんて……」

ここからはハルの知らない山だった。

子犬は置いてきた。

この先はどんなことが起きるかわからない。危険なことがたくさんあるかもしれない。

もし、あの子にまでなにかあったら、ユイは本当に壊れてしまう。

それに、「おかえり」は大切だ。

帰りを待っているものがいるとおもうと、早く帰ろうと頑張れる。

だから子犬《あのこ》には、ユイに「おかえりなさい」をいうという大役を担ってもらったのだ。

崖になっている箇所に木でできた橋が架かっている。古そうなので大丈夫かなとこわごわ足をのせると、橋がガタガタと揺れるので冷や汗をかきながらもハルは慎重に歩みを進めた。

途中、崖の下を覗くと、底が見えないくらいおそろしく真っ暗で、見るものではないなと後悔した。

橋を渡り切ったあたりから、急に空気が変わった。

肌の表面がぴりぴりして、目や耳の感覚が研ぎ澄まされたような妙な感じだった。

あちこちにお地蔵さまがいて、場所によっては遠足の集合写真みたいにたくさん集まっている。ハルはその無数の視線に緊張しながら先へと進んだ。

ところどころに真っ赤な彼岸花が咲いている。前にも山のどこかに咲いているのを見てハルが「燃えてるみたいな花だね」といったら、ユイが正しい名前を教えてくれた。祖母の教えてくれた「彼岸」と同じ言葉を名前に持つ花は、ハルにはなんだか神秘的に見えたけれど、今はお地蔵さまの赤い涎掛けとともにハルの目に血のような赤色を焼きつけてくるので、ちょっと気味が悪かった。

感覚が研ぎ澄まされたようになったほかに、ハルにはもう一つの変化が現れていた。

ここは初めて訪れる場所のはずなのに、さっきから視界に入る光景が時々、記憶のどこかに微《かす》かに触れる。

どうやら、ハルは以前にもここに来たことがあるようだった。

だとしたら、昨日のことなのかもしれない。

入ってきた入口は隠されていたが、他にもあのような入口があってもおかしくない。

こんな場所にきた理由と、こんな大冒険の記憶を失っている理由を知るのが少し怖かった。

どれくらい経ったころだろう。

ハルの歩く五、六メートル先に、なんの前触れもなく人の姿が現れた。ハルと同い年くらいの女の子の後ろ姿で、頭にリボンをつけている。隣に黒い子犬を連れていた。

「ユイっ？」と反射的に呼んでしまい、慌てて口を手でふさぐ。

さっき怖い目にあったばかりなのに警戒心がなさすぎた。でも、そこにユイがいるのに、黙って見ているなんて無理だ。間違いない。前を歩いているのはユイと――クロだ。

ユイたちはハルの声が聞こえていないかのように、歩を緩めることなく先へ進んでいく。

さっきのユイとは違う。

髪も服も昔の白黒映画みたいな色でトレードマークの赤いリボンまで灰色。きれかけの蛍光灯みたいに消えたり現れたりを繰り返している。会いたい想いが見せている幻だろうか。

こっちが本物のユイの幽霊で、さっきの怖いほうがニセモノだったらいいのに――。

幻でも、幽霊でも、どんな形でもユイと会えて嬉しいハルは、その背中についていった。

やがて、洞窟の入口が見えてきた。

入口の上にはぼろぼろの注連縄《しめなわ》が張られていて、ここから先は覚悟しろといわれているような迫力を穴の奥から放っていた。

白黒のユイとクロは躊躇う様子もなく、するりと入っていった。

ゴクリと唾を飲み込んでハルも入っていくと、髪の毛をなにかに引っ張られ、「ひっ」と小さく悲鳴を上げた。髪に蜘蛛の巣が絡まっていた。

「うう……気持ち悪いよぉ」

髪に絡む糸を取りのぞきながら先へ進むと、ここからは蜘蛛が多く棲んでいるのか、あちこちに巣が張られている。

いやだなあ、と渋い表情を浮かべる。

蜘蛛は見た目が怖いし、たまにすごく大きなものがいるのでちょっと苦手だ。

巣はいろんな形があって、算数のテストに出てくる図形のようなもの、波紋のようなきれいなもの、複雑すぎて見ているだけで眩暈《めまい》がするものもある。

家の天井の角《すみ》や木々の隙間に張られている蜘蛛の巣はよく見るが、地面に張られた巣は初めて見た。踏むと大きなガーゼの上を歩いているような感触で、見ると靴に糸がたくさん絡まっている。足で綿あめを作ったみたいに歩きづらい。

「わっ、なに……これ」

通路が急に狭くなったかと思うと、蜘蛛の糸が行く手を塞いでいた。

ハルのよく知っている蜘蛛の糸ではなく、血のような真っ赤な色をしている。

血管みたいで気持ちが悪い。懐中電灯を使って破り取ろうとしたが、針金のように硬かった。

工具が必要だなと困ったが、コトワリさまからもらった鋏があることを思い出し、さっそく使ったらこれが拍子抜けするくらいあっさりと切れた。針金のように硬かった糸が、赤い鋏で切ると裁縫糸のように簡単に切れる。でも切ってはならない重要な糸をコトワリさまの力で断っているようで、大丈夫かなと少し心配になる。

赤い糸で塞がれている道は数カ所あったが、すべて鋏で切って通ることができた。

蜘蛛の姿も見られるようになった。

パッと見が蜘蛛に似ているからそう呼んでいるが、その姿は人間の手だ。祈るように組んだ真っ白な手に、黒い蜘蛛の脚が生えている。そんな気色の悪いものが、上からぼとぼと落ちてくる。

質《たち》の悪いことに蜘蛛は、ハルが下を通るのを見計らって落ちてきているようだった。

けれどもハルは、すべて寸前で直撃を免れていた。

蜘蛛が落ちてきたような錯覚を覚え、足を止める。その直後、ハルの鼻先をかすめるように蜘蛛が落ちてきて、地面に叩きつけられて血しぶきを上げる。そんなことが何度もあった。ただの予感ともいえない、たとえようのない不思議な感覚で危険を察しているようだった。

こうして蜘蛛で足止めを食っているあいだに、ハルは白黒のユイたちを見失ってしまった。

「また、ひとりになっちゃった……」

少しだけしょんぼりとしながら、糸でベタベタの洞窟の奥へと進んでいく。

洞窟の奥には、さらに洞窟の入口のようなものがあった。

その光景が見えた時点で嫌な感じはしたが、近づくほどに足が重たくなって、入口からまだだいぶ離れたところで足を止めてしまった。

さっきも見た、注連縄の張られた洞窟の入口と外観は同じだが、その奥から感じるものがまったくちがう。この先からは心臓に冷たい息を吹きかけて命を脅かしているような、恐ろし気な気配を感じ、ハルの勇気をじわじわと削り取っていく。

ただならぬ空気に圧倒されながらも、ようやく一歩踏み出すと、洞窟の入口の奥から二つの影がやってくる。

息を呑んで、近づいてくる影を見つめていたハルの表情は、氷漬けのように固まった。

現れたのは、ユイとハルだった。

先ほど見たものと同じで二人とも白黒。目を閉じて完全に脱力しているハルを、顔も膝小僧も傷だらけのユイが支えている。片腕で胸に抱えている小さなものはクロだが、どうしたんだろう、すごく元気がない。

目の前の自分を見て混乱したハルはおもわず、

「なにがあったの……」

と、白黒のユイに問いかけていた。

反応は変わらない。白黒のユイは、色のあるハルには目もくれない。

たぶん、これは幽霊でも幻でもなくて。

ここで、こういうことがあったと見せられているんじゃないだろうか。

やっぱり自分はこの洞窟に来たことがあって、そこでなにかがあり――。

こうして、ユイに救われたのではないのか。

もし、そうなのだとしたら――。

「この先に……なにがあるの？　わたしたちに……なにが起きたの？」

そんなハルの疑問を置き去りにして、ユイとハルの幻像は瞬《まばた》きのあいだに見えなくなった。

洞窟に視線を向け直したハルは威嚇してくる闇をジッと見据え、大きく一歩を踏み出した。

※

……かわいそう
……たすけてあげて
大きな瞼の内側を歩かされているような、目覚められない闇の中。
ハルは青白い岩肌の壁に沿うようにとぼとぼと歩いている。
壁の反対側には底知れない巨大な縦穴が真っ暗な口を開けている。
縦穴と岩壁に挟まれた枝分かれのない一本道を、ただただ突き進んでいた。
……かわいそう
……いっしょにきてあげて
さっきから慈悲に訴える声がハルの頭の中に響いている。

この声に耳を傾けてはいけない。まともに受け止めてはいけない。いちいち疑問をいだいてもいけない。

ナップサックからコトワリさまにもらった鋏を取り出し、それをお守り代わりに胸元で握りしめる。

……カワイソウ、カワイソウ、カワイソウ、カワイソウ
うるさい。うるさい。なんにもかわいそうなもんか。

鋏を握る手にぎゅっと力を籠め、声を無視し続ける。

すると。

洞窟の天井に溜まる闇の中から、だらりとなにかがぶら下がった。

首を吊ったユイの死体だった。

ホラ、カワイソウ。

一体で足りなければ、二体でも三体でも下げてくる。それでも無視をしていると、今度は五、六体のユイの首吊り死体が一斉にぶら下がり、ハルの頭上でたくさんの生白い足の裏がゆらゆらと揺れた。

頭の中に響く声は、ハルの見たくないものをよくわかっていた。

ハルが目を背けている罪をよく知っていた。

『おまえの大好きな友だちは』

『おまえのせいで』

『こうやって死んだんだよ』

だらり。

土気色のユイの死に顔が、懐中電灯の光の中に浮かび上がる。

せめて、恨めしそうな顔をしてくれたならいいのに。

せめて、憎々しい目で睨んでくれたならいいのに。

魂のない、がらんどうの頭《こうべ》を垂れて、虚ろな瞳でハルを見下ろす。

――どうして。

「どうして、こんなひどいものばかり見せるの……」

縦穴の上の暗い虚空をハルは睨んだ。

すると虚空の中に、血溜まりのような色の目がぽつぽつと開きだす。

ひとつ、ふたつ、みっつ、よっつ――数え切れないほど開いていく。

そして、洞窟いっぱいに大きなものが輪郭を結び始める。それは大きすぎて、縦穴に半身を落としているので全貌はわからない。

大雑把にいえば、それは《蜘蛛のようなもの》。

ヒトの手や顔や目をデタラメにくっつけて、無理やり蜘蛛の形にしたみたいだ。

どことなくコトワリさまにも似ているが、こっちのほうがもっと醜くて悪質な姿をしている。瘤《こぶ》だらけの長くて太い脚がある。丈夫そうな歯をズラリと並べた、おそろしい口もある。両手で目元を隠しているけど、その両手にもたくさんの真っ赤な目がついているから意味がない。こんな説明に困る雑多《まぜこぜ》な姿のうえ、複数ある目の中の一つが意味深に潰れている。なにより、よく見ると、ぜんぜん蜘蛛なんかじゃない。

「ずっとわたしに話しかけていたのは……あなたなの？」

あなたはなに？　お化け？　神さま？

ハルの質問に返されたのは言葉ではなく、人の死体だった。

虚空から突如として現れた死体は、ハルのそばに落下すると砕け散って消えてしまう。そんな実体のない、どこの誰かもわからない身元不明の死体が次から次へと降ってきて、砕け散っては消えていく。

……カワイソウ、カワイソウ

……たすけてあげて

いってることとやっていることがぜんぜん違う。きっと人間の言葉や心、命なんて、この存在にとってはなんの意味も持たないのだろう。

この死体《ひと》たちは、あの声に呼ばれてしまった人たちなんだろうか。

さっき、いわれるがままに首を吊ろうとした自分のように。

呼んで、死なせて、遊んでいるんだろうか。
ユイも遊び道具にするつもりなのか。
そんなの、ぜったいに許さない。
死体の雨に追われながら、ハルは叫んだ。
「ユイを返して」
叫びにはならなかった。弱々しい訴えだった。
どうやら、自分が思っていたよりも、この状況に心を挫かれていたらしい。
こんな時に強くなれない自分が腹立たしい。弱いことを認めてしまう自分が情けない。
ユイは、わたしを救うために、こんなに大きくて恐ろしいものと戦ったの？
だから、あんなにボロボロになっていたの？
どうしてユイは挫けないんだろう。
どうしてわたしみたいに、足が竦まないんだろう。
どうして、わたしなんかを大切にしてくれるんだろう。
わたしなんかと友だちにならなくても、ユイならいっぱい友だちはできるのに。
もっと魅力的な人はいっぱいいるのに。
どうして、こんなにおんぶに抱っこなわたしにイライラしないんだろう。

どうして、見捨てなかったんだろう。

人は、どんなに大切なものでも、ちょっとした切っ掛けがあれば、ぽいと捨ててしまえるものなのに――いっぱい切っ掛けはあったはずだよ、ユイ。

ハルは足をなにかにとられ、いきおいよく転んだ。

足には白い蜘蛛の糸が絡まっていた。

起きあがって足から糸を引き剝がそうとしているところへ死体が落ちてくる。すんでのところで横に跳んでかわしたが、避けた先は――穴だった。

気づいた時には、もう落下していた。

落ちながらハルは、絶望しようとしていた。

――が、落下はたったの数秒で、絶望する間もなくハルは空中で跳ねた。テレビで見たバンジージャンプみたいに。

蜘蛛の糸に足を絡まれていたハルは、逆さまの宙ぶらりんの状態で、なんとか穴の底への転落はまぬがれた。

《蜘蛛のようなもの》は複数の赤い視線を一斉にハルへと集めた。

……かわいそう

……かわいそう

うるさい。心にもないクセに。

ハルは逆さづりの宙ぶらりんになりながら、縦穴の闇に線状の光が走ったのを見た。

　懐中電灯を振り回すと、縦穴の闇の中で流星のような光が幾筋と走った。

　――なんだろう。

　糸だ。

《蜘蛛のようなもの》は縦穴に無数の糸を張って、その上を移動していた。太くて透明な糸は、穴の縁に等間隔に繋がれて固定されている。

　お守り代わりに握っていた鋏を口に咥《くわ》え、足に絡まっている糸を掴むと、なんとか崖から這い上がる。粘着性が強く取れそうもないので、糸の絡まる靴を片方脱ぎ捨てたハルは、懐中電灯の光で縦穴に張られている糸の位置をもう一度確認し、いちばん近場の糸まで走った。

　その行動の意味を理解していないのか、《蜘蛛のようなもの》は無数の赤い目をぎょろぎょろと動かしてハルを視線で追っていた。

　ハルは縦穴の縁で身を乗り出し、腕を伸ばして一本の糸を鋏で裁ち切った。

　あんな大きなものを支えているからワイヤーのように硬いかと思ったが、赤い刃が触れた途端、裁縫糸よりも力を入れずに切ることができた。

　たった一本が失われただけで、あの大きなものは体勢を大きく崩した。

糸が張ってあるということは落ちたくないのだ。あんな大きなものでも落ちたくないくらい、この穴は深いのだろう。

《蜘蛛のようなもの》は足場が不安定になったことで、明らかに混乱している様子だった。赤く凝《こご》った目をぎょろぎょろと動かしながら、新たな足場の糸を張ろうと瘤だらけの骨のような二本の脚で粘着性のある白いものをこねくり回していた。水あめみたい、とハルは思った。

ハルは危険も顧みず、穴の縁に腹這いになって、どんどん糸を切っていった。

糸が残り三本になった時。

《蜘蛛のようなもの》はようやくハルの手の赤い鋏に気づいたようだった。

そして、それがなんであるかを理解したようだ。

……ヤメテ、ヤメテ、ヤメテ
……オネガイ、オネガイ
糸を切らないでと懇願しながら、ハルのいる場所へ死体を落としてきた。

まったく矛盾ばかりだ。

どんなに悲痛な声が頭の中に響いたとしても、かわいそうだとは思わない。

むしろ、ようやく人間らしい感情を垣間見てしまったことで、相手に対して腹が立った。どうして、その感情を理解できるのに、それを利用しようなんて悪い考えを起こせるのだろう。

まさか、こんなに小さくて弱い人間《そんざい》から、自分が脅かされるなんて思っていなかったのだろう。《蜘蛛のようなもの》は、わかりやすく取り乱していた。

わずかに残った糸だけでは重みを支えきれなくなったのだろう。次々と糸が切れていき、大きく体勢を崩した《蜘蛛のようなもの》は、まるで助けを求めるように瘤だらけの脚をハルに向けて伸ばした。

そして。

落ちまいと足掻いて闇雲に脚を振り回し、洞窟の天井や壁を壊し――。

ハルの視界から瞬時に消え、縦穴へと落ちていった。

……カワイソウ　カワイソウカワイソウ　カワイソウ　カワイソウカワイソウ　カワイソウ
どんなに深い穴なのか、その声はどこまでも細く小さくなって遠のいていった。

「自分でいわないでよ」

ハルは呆《あき》れたようにいうと片膝を地面につけた。

今までは気力で立っていた。一晩中走って、怖い思いをして、いっぱい泣いて――もう、本当の本当に限界だった。

壊された壁や天井の一部が、崩れて穴に吞み込まれる。その轟音の中――。

……オイテ

……イカナイデ

また頭の中に、声が響く。

あの化け物が這い上がってきたのかと、ハルは縦穴へと目を向ける。

――ユイがいた。

縦穴の際《きわ》に立ち、俯いている。

その後ろでは、天井から剝がれた瓦礫《がれき》が砂煙の尾を引いて穴の中へ降り注いでいる。

ハルは拳を握りしめながら、震える声を振りしぼった。

「ユイに、話したいことがあるの……いいかな」

顔を上げたユイは、すでに両目の大きさのバランスがおかしくなっていた。

「やめてよ、ユイ……それはもう、やめて」

願いも虚しく、ユイは変貌を遂げる。あの草原で見せた、ユイらしさのカケラも見つけられない姿に。こんな姿は二度と見たくなかったが、ユイだって二度と見せたくなかったはずだ。

……イッショニキテ

……オイテカナイデ

「一緒に帰ろ、じゃ、だめなのかな」

ユイの手が、ハルに伸ばされる。

いつも導いてくれた、あの手じゃない。

光も死ぬような陰鬱《いんうつ》な洞窟でわきわきと蠢く黒い手は、深海にいる生き物のようだ。

……イッショニキテ

いつもの姿なら、迷わず手を伸ばしていたかもしれない。今のユイの手を摑めば、彼女はそのまま後ろの穴へと倒れるように落ちて、ハルを一緒に連れていくだろう。

「ユイのいくところへは一緒にいけないよ」

その言葉は、ハル自身にも痛かった。

「ユイのいくところはきっと、一緒にいきたくても、一緒にいけないところなんだと思う。二人で一緒には、いられないところなんだと思うの。だって、町で見たお化けたちはみんな――ひとりだったんだよ？　どんなにそばにいても、友だちになることも、話をすることも、きっとできないんだよ」

ハルへ向けて伸ばされたユイの手から――するすると一本の赤い糸が伸びて、ハルの左手に静かに絡まっていく。

糸は一本、また一本と増えていき、ハルの左手は少しずつ赤くなっていく。

手から落ちた懐中電灯が乾いた音を立てて足元に転がる。

ハルは赤い糸に包みこまれていく自分の手を見つめる。この手が赤くなればなるほど、ユイが叫んでいるのだろう。救いを求めているのだろう。自分との繋がりを示して、離れたくないと訴えているのだろう。ハルと繋がっていたいのだ。

……イッショニキテ

「……一緒にいってあげたいよ。ユイと一緒なら。でも――」

ハルの言葉を遮るように糸の勢いが増していく。ハルの本心から逃げたいのだろう。耳をそむけたいのだ。ハルの左手を離すまいと赤く染めていく。

はじめは手の全体を包むように絡まっていた糸が、指一本一本に複雑に絡まり合っていく。

糸の針金のような硬さは、ハルへ感じている絆の強さなのだろう。おそろしい勢いで絡まりつく様は、ハルから離れたくないという想いの強さなのかもしれない。

ユイの気持ちは泣き叫びたいほどに嬉しい。

でも、このままでは本当に連れていかれてしまう。

――切らないと。

コトワリさまの鋏を大きく開くと、左手にできた赤い糸玉の真ん中に刃を入れる。

そのままひと裁ちで、数十本の糸の束を切る。

左手からわずかに肌の色が覗いたかと思ったら、またそこへ糸が雪崩れ込んできて埋まっていく。

ユイは休まず——それどころか勢いを増しながら糸を絡みつけてきた。

切っても切ってもきりがない。鋏をすばやく開閉し続けることが、こんなに大変なことだとは思わなかった。手が攣りそうになり、親指を通している輪の部分が肌に食い込んで痛い。でも少しでも手を休めれば、どんどん左手の糸玉が大きくなっていく。

このままでは、左手どころでは済まないかもしれない。

ユイも必死なのだ。

ハルは泣いていた。こんなに自分を想ってくれる人はいない。こんな姿になってまで、自分のことを求めてくれる人とは生涯会えないだろう。でもその人はもう、死んでしまっているのだ。

「わたしは卑怯だよね。ユイだってつらかったのに。いつも、わたしばかりが助けてもらおうと手を伸ばして。ねぇ……わたしのために、ユイはそんな姿になっちゃったんだよね。わたしのことを想ってくれたばかりに——」

本当に、本当に。

「ごめんなさい」

ウサギのナップサックの中から人形を取り出し、ユイの前にさし出す。

ハルがユイのために作った、青いリボンを頭に付けたフェルト人形だ。

ユイの不揃いな両目は人形に焦点を結んだ。

「いつでもユイに助けてもらってたから、ずっと気づかなかった。ユイにだって、助けてもらいたい時があるんだって」

――ううん、違う。

「ユイはきっと、いつも助けてほしかったんだ。毎日、つらかったんだよね」

人形を摑む手に力を込める。人形は変な形に身体を曲げた。

「こんな人形じゃ、ユイを救えなかった。そうだよ。人形じゃなく、わたしじゃなきゃいけなかった。いつだってユイは自分の手を伸ばしてくれたのに、わたしはそれを、そんな大事なことを、こんな人形にまかせてしまった。それで、ユイを救った気になってた」

これは、自分の罪――ハルはそう、自覚していた。

「我慢してたんだよね。つらいよ、たすけてよって、誰にもいえなかったんだよね。気づいてほしくても、いちばんそばにいたわたしが気づかないんじゃ、絶望したよね。どこにも出せない気持ちがいっぱいに溜まってしまったから、ユイは……ユイはあの〝声〟を聞いてしまったんだね」

ユイの想いが。

どんどん大きく、赤く、雁字搦めに、ふくらんでいく。

「ほんとは、そんなユイを、ううん、そんなユイだからこそ、わたしは受け止めないといけないのかもしれない。でも」

でもね、わたしは――。

「こんなユイを見るのはもう――」

摑んだ人形を頭上に掲げる。

「いやだ！」

喚ぶための言葉《おまじない》がなにか、もうハルにはわかっていた。

だから、たった今叫んだ泣き言は、そのために口にしたものだった。

あの金属音が聞こえた。

左手がじんじんと痛い。

その左手は、もうなかった。

ユイとの縁とともに、コトワリさまに断ち切ってもらったからだ。

その瞬間は見ていない。

気がつけばユイの姿はなく、崩落の落ち着いた洞窟はなにごともなかったかのように静寂に包まれていた。

コトワリさまはなぜか、まだそばにいて、目のない視線をハルに送り続けている。

ハルはゆっくりとコトワリさまに背を向けて、歩きだす。

一歩、一歩、歩みを重ねるたび、左手の痛みから、温かいものが外へどんどんこぼれていく。そしてそのぶん、自分は冷たくなっていく。

帰らないといけない。歩かないといけない。足を前に出さないといけない。

瞼が重たくなる。眠たくて、眠たくて、たまらない。座り込んで、寝そべってしまいたい。

帰ろう。

帰ったら、ゆっくり眠りたい。お風呂にも入りたい。お腹も空いた。

帰るんだ。帰りたい。でも、遠い。

足がもつれて、倒れてしまう。

砂利を敷き詰めた地面が見える。お腹の丸い小さな蜘蛛が慌てて逃げていくのが見えた。

このまま、眠ってしまいそうだ。

「……ごめんね……ユイ」

すぐそばで砂利を踏む音がした。

首を動かすこともできない。気を抜けば瞼に隠されてしまいそうな目をなんとか動かして、誰かの足を見る。乾いた泥のついた赤い靴、汚れた白いソックス。

誰だろうと視線を上げたが、相手の顔を見ることなくハルの意識は途絶えた。

遠くで、自分の名を優しく呼ぶ声を聞いた気がした。

深夜廻《しんよまわり》

十章――夜明け

ハル

ハルは白と黒《モノクロ》の世界で目覚めた。
あれ？
あれから、どうなったんだっけ。
確か——そう。
洞窟で大きな蜘蛛のお化けに襲われて。
ユイがわたしを連れていきたいといって。
それからわたしがコトワリさまを呼んで。
それから——。
左手がなくなって。血がいっぱい出て、眠くなって。倒れて。
そうか。
自分はあの時、死んでしまったんだ。
死ぬと、世界は白と黒しかなくなってしまうみたい。

でも、困ったな。青いリボン、お気に入りだったのに。
あっ。
ユイがいる。
クロもいる。
どっちも傷だらけで、長い旅をしてきたみたいに顔も服も靴も汚れている。
あれ？　あの大きな蜘蛛みたいなお化けまでいる。
あんな大きなものを相手にユイたちは、果敢に立ち向かっている。
そうか――これは。
今、自分が見ているのは残像《かこ》なんだ。
わたしは今、昨日の夜に起きたことを見てるんだ。
ユイはわたしの前に立って両手を広げ、お化けから守ってくれている。
蜘蛛のお化けが、棍棒《こんぼう》のような脚をわたしたちに向かって伸ばしてきた。
だめ！　逃げて、ユイ。
わたしなんかほうっておいて、逃げてくれたらいいのに。
クロが蜘蛛のお化けに向かっていく。棍棒のような脚に飛びかかった。
蜘蛛のお化けは振り落とそうと、壁にクロを叩きつける。
やめて！

叫んだのに、声は出なかった。

ふいに闇が、ハルの視界を奪った。

再び視界が戻ったハルは、放射状の光を顔に受けていた。

光は前方にある洞窟の出口からのものだった。

ハルはユイに支えられながら、険しい岩肌の壁が続く洞窟を歩いている。

ユイの横顔は疲弊しきっていて、頬には涙の流れた筋がある。腕に黒い塊を大事そうに抱きかかえている。すぐにクロだとわかった。ユイのわきに頭を埋めていて、丸めた黒い背中は濡れている。クロがどうなってしまったのかは、ユイの涙の跡がすべてを物語っていた。

今のハルには、見る以外のことは許されていない。ユイを慰めることもできない。

残像になるということは、すでに終わったことを同じ場所で何度も繰り返すことだ。それが死後に待っていることのすべてなのだとしたら、やはり死ぬことはとても怖くて寂しいものなのだ。

夜の町をさまようお化けたちも、いつかの残像なのだろうなと思った。

人は新しくするために古いものを捨てるけれども、残像《かこ》までは捨てきれない。よい思い出になり切れない過去は、ああして町に堆積し、夜をさまようのだ。

かすかに、草のにおいがする──気がした。

ゆっくりとした歩調で、ハルたちは白い光を湛えた洞窟の出口を出た。

※

わたしたちを出むかえたのは、夜だった。

ひりひりと虫の鳴く草っぱらを、優しい風が撫でていく。

いつの間にか雲の引いていた群青色の空の向こうに、紅《あか》い朝の予感がある。

わたしたちは、ひと言も交わさずに山を下りていった。

麓《ふもと》まで下りたころには、大きな黒い夜は帰っていき、焦げた橙色と群青色の混じり合う、暗い朝焼けの空が頭上にひろがっていた。

山道《さんどう》の入口に着くと、アンッ、と甲高い犬の声が出むかえた。

ボールが跳ねるみたいに駆け寄ってくると、ピンクの舌を出してハッハッと息を弾ませ、ちぎれるくらい尻尾を振っている。

もう、朝がくる。

そろそろ、その時がくる。

わたしたちは。
その手を離した。

深夜廻《しんよまわり》

エピローグ

酸漿《ほおずき》色の空が町を染めていく。

空は世界でたった一つのはずなのに、同じ空が見下ろすことはない。

夜でも明るい空があるし、きれいなカーテンが揺れる空もある。奇跡のような空や異世界みたいな空だってある。

それでもハルは、この場所から見る夕空を超える空は、この世にないと信じている。

山の見晴らし台から仰ぐ時の移ろいは、一日中見ていても飽きることがない。色鉛筆や絵の具にはないような色を、たくさん見ることができるから。

ここはすっかり、ハルたちの散歩コースになっていた。

「チャコもこっちにきて」

蝶々《ちょうちょ》に遊ばれていたチャコは、跳ねるようにハルのもとへと駆けてきた。

ハルは燃え上がるような枝ぶりの木を見上げる。

陽の色がにじみ、淡い赤みを帯びた白い花が眩しいくらいに咲きこぼれている。

咲き忘れた花火のように、向こうの山の尾根に盛大な景色を重ねていた。

何度見ても、ハルは息を呑んでしまう。

怖いくらいに、きれいな木だ。

ユイの命の灯《ともしび》は、ここで消えてしまった。

ハルにとっては、世界でいちばんつらい場所。
だからこそ、目をそむけない。
この町に、ユイはいた。
そして、自分と出会ってくれた。
友だちになってくれた。
毎日ここに来ていたのは、ユイにまた出会いたいから。
そんな奇跡は起きないとわかっていても――。
「ユイ、あいたいよ……」
我慢しようとおもっているのに、目も声も潤んでしまう。
ここへ通えるのも、今日まで。
新しい家へ引っ越すため、今夜、この町を発たなければならない。
でも、おわかれはいわない。
ユイとはずっとずっと友だちだ。
大人になっても。おばあちゃんになっても。
いちばんの親友はユイだけ。
ほんとは、ユイと一緒に大人になりたかった。
一緒におばあちゃんになりたかった。

そうはならなかったけど——。
ずっと忘れない。
過去になんて置き去りにしない。
ユイと過ごした日々を、色褪《あ》せさせたりしない。
「きれいな色を、また見つけてきたよ」
失っていないほうの右手《て》で、木の根元に一輪の花を添える。
ユイのリボンのような、鮮やかな赤色の花を。
遠くで夕方のサイレンが鳴っている。
「さっ、チャコ、戻ろう。お父さんたちが待ってる」
アンッと元気に鳴いたチャコは、ボールが弾むような勢いで走っていく。
いかないと、わたしも。
惜しむ気持ちを振り切るように、木に背を向ける。
潮騒《しおさい》のような音がして。
尾根を撫でるように、強い風が吹いた。
風はハルの背後に、確かな気配を運んだ。
——ユイ?
振り返れば、そこにはいつものユイがいて。

さあ、いこうよ。そういって笑いながら、手を差しだしてくれる。
そう願って、ハルは振り返る。
その瞳に映ったものは。
木の下で風に揺られている、赤い花だけだった。
胸が痛んで、目の奥が熱くなる。
涙が溢れそうになって、拭うように腕で目をこすると、
ハルは顔を上げる。

またね。

本書は二〇一八年六月にＰＨＰ研究所より刊行された作品を、加筆・修正したものである。

デザイン――株式会社サンプラント　東郷　猛

著者紹介
黒 史郎（くろ　しろう）
作家。怪談・妖怪・クトゥルー神話などを題材とした作品を手掛ける。
著書に『夜は一緒に散歩しよ』『幽霊詐欺師ミチヲ』『ムー民俗奇譚　妖怪補遺々々』『黒怪談傑作選 闇の舌』、「異界怪談」シリーズの『暗渠』『底無』『暗狩』。共著に『ラストで君は「まさか！」と言う 夏の物語』、「瞬殺怪談」シリーズなどがある。

ＰＨＰ文芸文庫　深夜廻《しんよまわり》

2021年７月21日　第１版第１刷
2022年８月24日　第１版第２刷

原　作	日本一ソフトウェア
著　者	黒　史郎
イラスト	溝上　侑（日本一ソフトウェア）
発行者	永田貴之
発行所	株式会社ＰＨＰ研究所

東京本部　〒135-8137　江東区豊洲5-6-52
第三制作部　☎03-3520-9620（編集）
普及部　☎03-3520-9630（販売）
京都本部　〒601-8411　京都市南区西九条北ノ内町11
PHP INTERFACE　https://www.php.co.jp/

組　版	朝日メディアインターナショナル株式会社
印刷所	図書印刷株式会社
製本所	東京美術紙工協業組合

　ISBN978-4-569-90141-1

夜廻《よまわり》

日本一ソフトウェア原作／保坂歩 著
溝上侑 イラスト

消えた愛犬ポロを探すため、姉妹は怪がうごめく夜の町へと足を踏み入れるが……？ 大人気ホラーゲームの公式ノベライズ、ついに文庫化！

PHP文芸文庫

怪談喫茶ニライカナイ

蒼月海里　著

「貴方の怪異、頂戴しました」――。怪談を集める不思議な店主がいる喫茶店の秘密とは。東京の臨海都市にまつわる謎を巡る傑作ホラー。

PHP文芸文庫

一行怪談

吉田悠軌　著

「公園に垂れ下がる色とりどりの鯉のぼりに、一つだけ人間が混じっている。」一行のみで綴られる、奇妙で恐ろしい珠玉の怪談小説集。

第7回京都本大賞受賞の人気シリーズ

京都府警あやかし課の事件簿1~5

天花寺さやか 著

人外を取り締まる警察組織、あやかし課。新人女性隊員・大にはある重大な秘密があって……？　不思議な縁が織りなす京都あやかしロマンシリーズ。

PHP文芸文庫

第33回講談社エッセイ賞受賞

鳥肌が

穂村弘 著

日常の中でふと感じる違和感、自分が信用できなくなる瞬間……。思わず「鳥肌」がたつ瞬間を不思議なユーモアを交えて描くエッセイ集。

PHP文芸文庫

京都くれなゐ荘奇譚

呪われよと恋は言う

白川紺子 著

女子高生・澪は旅先の京都で邪霊に襲われる。泊まった宿くれなゐ荘近くでも異変が……。「後宮の烏」シリーズの著者による呪術ミステリー。